KB120574

나무 위에 새긴 이름

ARETE총서 0002 **최금진** 에세이집 나무 위에 새긴 이름

1판 1쇄 펴낸날 2014년 7월 25일
지은이 최금진
펴낸이 채상우
디자인 정선형
펴낸곳 (주)천년의시작
등록번호 제301-2012-033호
등록일자 2006년 1월 10일
주소 100-380 서울시 중구 동호로27길 30, 413호(묵정동, 대학문화원)
전화 02-723-8668
팩스 02-723-8630
홈페이지 www.poempoem.com
이메일 poemsijak@hanmail.net

ISBN 978-89-6021-212-1 04810
978-89-6021-208-4 04810(세트)

값 13,000원

*이 책의 국립중앙도서관 출판시도서목록(CIP)은 서지정보유통지원시스템 홈페이지(http://seoji.nl.go.kr)와 국가자료공동목록시스템(http://www.nl.go.kr/kolisnet)에서 이용하실 수 있습니다.(CIP 제어번호: CIP2014020467)

ARETE 총서 0002

나무 위에 새긴 이름

최금진 에세이집

천년의 시작

책을 엮으며

스스로 묻고 스스로 답변하는 방식으로 삶을 버텨 내기란 얼마나 버거운가. 그것은 끝없는 회의와 불신의 낭떠러지 속으로 마침내 자신을 밀어 버리는 행위이기 때문이다. 그럼에도 불구하고 나는 그렇게 살아왔으며, 앞으로도 그렇게밖에는 살 도리가 없다. 때때로 운명에 기대어 한세상 편하게 모든 걸 수긍하고 산이나 강가에 들고 싶은 생각이 간절하다. 물론 언젠가는 꼭 그렇게 할 것이다. 배를 한 척 사고 해안을 타고 돌며 뭍에다 발을 대지 않을 것이다. 이 책에 담긴 것은 과거와 현재의 신산한 풍경일 것이나 이것을 꺼내 든 내 표정은 부끄러움과 노여움으로 잔뜩 기죽어 있을 것이다. 내 스스로를 인간 혐오자로 규정하는 것에 얼마나 많은 용기가 필요했던가. 그러나 결국 나는 그런 사람이었던 것이다. 이 비극의 최종 결론은 마침내 내가 나 스스로를 혐오하는 것에 이르게 될 것이란 것도 나는 알고 있다. 선험으로의 귀환, 판단중지, 괄호 치기, 정반의 대립……. 글쓰기는 한 개인의 존재 방식이며 실존인 까닭에 나 또한 이를 피하지 못했다. 희망과 꿈과 용기 대신 절망과 불신과 좌절을 얻었다. 그러나 글을 쓰면서 얻은 이 지독한 질병과 증상들을 나는 아끼고 사랑한다. 어쩔 것인가. 나는 너무 먼 길을 걸어왔고 내 손에 든 이정표는 이것 외엔 아무것도 없다. 해체가 아니라 창조를 바랐으나, 못난 수탉처럼 다 헤집어 놓고 다 파헤쳐 놓았다. 그 처참한 증거가 이 한 권의 산문집에 다소간 담겨 있으니, 부디 독자 여러분들의 넉넉한 동정심과 애정을 구할 뿐이다. 아주 먼 길을 걸어와 문득 뒤돌아보는 자의 퀭한 시선에 부디 쓴웃음 짓지 않으시길 빌 뿐이다.

최금진

차례

나무에 새긴 이름

산벙이 우는 저녁

바다를 신어 본 적 있다

한때 저 신발을 신고 바다를 건넌 적 있다
왕국을 세우고자 했던 꿈은
이제 녹슬었다
밤이면 빗물 고인 밥그릇에 코를 대고
낑낑 신발이 앓는 소리를 듣는다
쇠줄에 목을 걸고 있는 늙은 배 한 마리가
잔뜩 기운 저녁을 향해 이따금씩 짖는다
나는 신고 있던 바다를 벗어
어두워지는 앞마당에 가만히 묶어 놓는다

새가 날아간 자리

아버지, 그 결핍과 과잉의 모순

사진엔 늘 아버지가 없었다. 내게 남은 가장 오랜 사진에서 나는 네 살이고, 어머니는 스물여섯이다. 나는 사진에서 울다가 만 표정으로 과자를 손에 쥐고 있고, 누이는 사진을 찍는 것이 낯설다는 듯이 인상을 찡그리고 있고, 서른도 안 된 어머니는 웃고 있다. 하지만 아버지가 없다. 아버지가 없는 아이들과 남편이 없는 여인이 거기 그렇게 못 박힌 듯 앉아 있고, 시간은 한 장면을 고집 세게 사진 속에 붙잡아 두고 있다.

사진은 과거의 트라우마를 끊임없이 현재로 호출하고 재생하는 역할을 한다. 내게 남아 있는 유일한 이 사진 한 장은 그렇게 결핍을 확대시켰다. 내게 남은 아버지 사진은 이것 말고는 없다. 다섯 살 때쯤, 홍수가 나서 집이 다 떠내

려갔고, 그때 대다수의 사진이 분실되었다고 한다. 아버지가 돌아가시고, 사진마저 없으니, 내게 아버지는 분실, 그 자체가 되어 버린 셈이다.

사진을 들여다보고 있으면 과거의 시간 혹은 미래의 시간조차 마치 현재의 한 정점을 향해 모여드는 것 같다. 말레비치의 「검은 사각형」처럼 주위의 모든 풍경을 블랙홀 속으로 빨아들이며, 순식간에 어둠 속에 가두어 놓는다. 그 검은 사각형 속에선 모든 것이 변형, 변색된다. 기억은 기억을 통해, 기형적인 기억들을 거듭거듭 만들면서 끝없이 확장되어 간다. 얼마나 많은 기억이 억울함과 분노를 동반하며 왜곡되어 갔던가.

아홉 살 땐가, 동네 친구를 따라 수영을 하러 갔다. 저녁까지 놀았다. 그날 할머니는 처음으로 내 앞에서 울부짖으며 나를 때렸다. 아버지가 돌아가신 물가에는 그 근처에라도 나는 갈 수가 없었다. 물에서 수영을 하는 건 내게 금기였다. '아버지'의 결핍은 이렇게 나를 지배하고 통제하는 형태로 나타나곤 했다. 그 안에서 나와 우리 가족은 평화를 유지하기 위해 발버둥을 치는 사람들이 되어 갔던 것이다. 그리고 이 이상한 부조화가 언제든 나의 금기와 절망이 되었다. 부족함을 합리화하는 방법을 통해 나는 더욱 열악한 쪽으로 진화한 것이다. 어릴 땐 눈물이 많은 아이였고, 커서 부끄러움이 많은 어른이 되었다. 모든 것이 형편없이 부족하거나, 지겹도록 차고 넘쳤다. 그러나 어느 것도 진정 내가 원하는 것은 아니었다.

결핍이 얼마나 사나운 채찍과 같은지, 아버지는 몰랐을까. 어머니의 풍파와 누이의 불행과 나의 세월 속에서, 돌아가신 아버지는 여전히 살아 우리를 손짓하며 불러 세운다. 그리고 잊히지 않는 어떤 기억은 사진만큼이나 잔혹하게 나를 지배하고, 나를 불러 세운다. 아버지는 돌아가시기 전에 딱 한 번 나를 업어 주었다. 업어 주었던 것을 내가 기억할 리가 없다. 아버지는 내가 세 살이 되던 해에 돌아가셨다. 내가 기억할 리가 없다. 하지만 나는 그렇게 믿고 있고, 그 믿음대로 아버지의 등에 업힌 어린 내 모습을 이미지로 간직하고 있다. 아버지는 달을 보여 주셨다. 아버지 등 뒤에서 나는 달을 보았다. 달이 아버지를 삼키고 있었다. 나는 달이 무서웠다. 물론 이 기억은 내가 조작한 것이다. 그러나 이 기억은 얼마나 아름답고 쓸쓸한가. 그리고 얼마나 자주 나는 현실을 피해 그 달 속으로 달아났던가.

자살한 아버지를 저주하면서 나는 그 반대의 길을 걸어야겠다고 다짐하였다. 나는 아버지를 추모하지 못한 채 그렇게 살아왔다. 내 얼굴 속에, 내 자식 놈의 어눌한 행동 속에, 아버지가 함께하는 것을 나는 부인하면서 살아왔다. 아버지처럼 행동하지 못하는 나를 발견할수록 '아버지'는 오히려 나에게 '과잉'이 되어 버렸다. 아버지는 나에게 늘 차고 넘치는 결핍이었다. 중고등학교 시절, 교회를 다니면서도, 자살한 나의 아버지는 천국과 지옥 속을 떠도는 존재가 되었다. 자살한 사람은 천국에 가지 못한다는 이야기, 믿지 않는 사람은 구원을 얻지 못한다는 이야기, 나는 그 잔인한 이야기에 내 믿음을 바쳤었다. 생각해 보면 그것은 두려움 때문이었다. 결핍의 현실을 가장 선명하게 이해할 수 있는 명료한 정의가 필요했었는지도 모른다.

삼 년 전부터 아버지 제사를 다시 지낸다. 나는 비로소 아버지를 추모할 마음이 들었다. 살아오면서 이토록 오래 추모를 하는 사람은 없을 것이다. 그러나 이번엔 제대로 제사를 드리며 추모하고 애도를 한다. 돌아가신 아버지를 다시 불러내어 함께 밥도 먹고 명절도 보내고 아내와 자식을 보여 드리면서, 아예 대놓고 추모를 한다. 교회를 핑계 대고, 가난과 불화를 핑계로 이십오 년을 미뤄 왔던 걸 이제 다시 시작한다. 내가 자식을 둔 아비가 되었을 때, 나는 비로소 돌아가신 '내 아버지'가 되었음을 인정하면서 제사를 지낸다. 살아가면서 나는 이렇게 조금씩 조금씩 해 나갈 생각이다. 자기 연민과 자기애에 사로잡힌 한 사내가 자신의 결핍을 과장하는 것인지도 모른다.

죽음이 단절이 아니고 현실과 연속적인 세계에 위치하고 있다고 믿는다. 나의 유전자 속에 오글오글 모여 있는 온갖 조상들과 나의 아버지가 바로 '나'다. 그리고 그들은 저 안개 속에서 삼삼오오 짝을 지어 앉아 밥을 지어 먹고, 우리가 살아가는 모습을 지켜본다. 공기처럼 어둠처럼 빗방울처럼 우리 곁을 잠깐씩 스치고 지나가며 우리의 살냄새를 맡는다. 살냄새 속에서 그들은 자신의 존재를 확인하며, 다시 살아남은 나의 존재를 확인시켜 준다. 죽은 자들을 통해 나는 살아 있음을 확인한다.

나이가 드니까 알겠다. 돌아가신 아버지가 얼마나 나를 그리워했을까. 얼마나 나를 애타게 찾았을까. 차가운 물속으로 걸어 들어갈 때, 절망과 회한 속에서 어린 나를 얼마나 지우고 다시 지우고 또 지워야 했을까. 어머니가 방세를 못 냈을 때, 내 초등학교 졸업식 때 아무도 오지 않았을 때, 혼자 집에 남아 라면을 끓이고 있었을 때, 친구도 없이 울고 있었을 때, 대학에 떨어졌을 때, 사랑에 실패했을 때, 죽고 싶었을 때, 술에 취했을 때, 혼자 밤길을 걸어가고 있었을 때, 아버지는 얼마나 나를 돌아보고 돌아보고 하였을까. 과거는 현재가 되고, 과거는 미래가 된다. 그리고 미래는 여전히 과거와 현재의 집합이다. 아버지를 모신다. 아니, 나를 모신다. 아니, 내 자식 놈을 모신다.

아들놈은 나처럼 어눌하고, 나처럼 사회성이 떨어지고, 나처럼 얼굴이 희고 갸름하고, 또 나처럼 수줍게 웃고, 나처럼 길을 잘 못 찾는다. 아들놈은 자라서 나와는 전혀 다른 삶을 살아가

주길 바라며 나는 나의 얼굴을 본다. 사진 속의 나는 네 살이다. 과자 봉지를 손에 들고 있고, 엄마 무릎에 앉아 있고, 아직 아비 없는 슬픔이 뭔지도 모른 채, 카메라 쪽을 응시하고 있다. 커서 얼마나 나약한 어른이 되는지도 모른 채 나를 빤히 쳐다본다.

결핍과 과잉의 틈새로 보이는 풍경이 기쁨인지 슬픔인지 이제 나는 잘 모르겠다. 나와 한 몸이 되어 버린 과거를 현재와 구분해 내는 것은 불가능하다. 다만 나는 너무 부족한 '나'와 너무 넘치는 '나'의 틈을 여전히 내가 할 수 있는 방식으로 채워 갈 뿐이다. 그리고 그 틈은 조금씩 다른 풍경으로 들어찬다. 거리를 걸어가면서, 버스를 타고 여행을 하면서, 웃고 떠들고 술을 마시면서, 글을 쓰면서, 나는 그 틈을 통해 오지 않은 먼 미래를 또 들여다보고 있다.

2월

한 닷새 몸살을 앓았다. 바닥에 누워 있는 것 외엔 아무것도 하지 못하고 신열과 두통과 몸속으로 희끄무레 몰려오는 안개 같은 통증에 혼을 맡기고 있었다. 일주일쯤 되던 날에 자리를 털고 일어나 거실로 나가다가 현기증이 나서 소파에 기대어 앉았다. 2월 중순이었다. 2월은 중년의 나이처럼 어정쩡한 달이다. 겨울은 갔으나 봄은 오지 않았고, 대지는 차고 얼어 있으며 황량하다. 이 진퇴양난의 시간 속에서 거실에 있는 포도나무는 싹을 틔웠다. 포도나무가 온힘을 다해 자신의 형체를 밀어 올리고 있었다. 단단한 흙을 들어 올리는 힘이며, 딱딱한 나무껍질을 뚫고 싹을 틔우는 일이며, 생각하면 모든 것이 기적 같은 일이었다. 물은 높은 데서 낮은 데로 흐르는 것이 자연의 순리이다. 그런데 그 운명과 정해진 관습을 부정하며, 이 늦겨울, 포도나무가 안간힘을 쓰면서 햇빛을 향해 고개를 드는 것이었다.

마흔이 넘어가면서 사람은 새로운 종이 되는 건 아닐까. 죽어 있는지, 살아 있는지조차 확인할 길이 없는 무덤 같은 일상 속에서 얻은 깨달음이다. 말하자면 사물이 되어 가는 나 자신을 발견한 것이다. 남자도 여자도 아닌 어떤 존재, 돌멩이라고 부르든 막대기라고 부르든 그 말에 전적으로 동의할 수밖에 없는 삶. 수긍하기는 힘들지만 인생이란 그렇게 시들어 가는 것이 당연한지도 모른다. 아이를 낳고, 아이에게 숟가락질을 가르치고, 자전거 타는 법을 가르치고, 책을 읽어 주고, 예절을 가르치고, 사람으로 살아온 날들을 고스란히 아래로 아래로 전달해 주고 떠나는 것. 그러나 아무것도 이루어 놓은 것이 없다는 생각이 들면 자다가도 문득 눈이 떠진다. 혼자 밤에 깨어 커피를 마시면서 최근 나는 이런 허무에 사로잡혀 있었다. 어떤 사랑도 없이, 결실도 없이, 사물이 되어 가는 삶을 망연자실 껴안을 수밖에 없을 때, 어린 시절 쏘아 올렸던 화살이며, 강물에 흘려보냈던 신발짝이며, 코스모스를 넣어 보냈던 연애편지 같은 것들이 떠올랐다. 미래가 아니라 과거가, 희망이 아니라 망상이 나를 점령하고 있었다. 일주일 간의 몸살은 그렇게 찾아온 것이었다.

아이를 데리고 거실에 나가 포도나무를 그렸다. 봐라, 포도

나무가 얼마나 힘이 센지. 껍질을 찢고 자신을 내밀고 마침내 그 순하고 여린 가지 끝에 작고 작은 포도 알갱이를 매달고 있구나. 아이는 스케치북에 포도나무를 그리고 그 밑에 '아버지가 사랑하는 포도나무'라는 제목을 써 놓았다. 기적이란 거창한 것이 아니다. 자신의 마음, 자신의 생각을 아주 조금 다른 방향으로 돌려놓는 것이 기적이다. 그 작은 첫걸음 후엔, 제 몸에 태생적으로 간직된 추동력과 걷잡을 수 없을 만큼 강렬한 열정의 힘이 삶을 이끌고 가는 것이다. 포도나무의 기적 같은 힘에 대해 아이에게 해 주고 싶은 말은 많았지만, 나는 아이의 손에 크레파스를 쥐어 줄 수밖에 없었다.

내가 갈 수 없다고 믿었던 그 옆을 향해 발을 옮겨 본 적이 있었다. 그때 참 많이 아팠다. 사람들로부터 가족들로부터 소외를 각오해야 했다. '몸살'이었다. 정신과 몸이 공중에 뜬 것처럼 어정쩡한 상태에서 초조와 고독, 슬픔이 몰려왔다. 어쩌면 그대로 삶의 낙오자가 될 수 있을지도 모르겠다는 불안감 때문에 악몽을 자주 꾸었다. 그러나 누구의 충고도 위로도 들을 수 없었다. 나는 '나'이기 때문에, 나는 나 아닌 것은 절대로 선택할 수 없기 때문에. 이를테면, 온몸으로 자신을 실현하는 것, 그것이야말로 주체가 선택할 수 있는 가장 값진 모험이라 할 수 있을 것이다. 그리고 그 선택이 나를 '나'로 만들어 주었다.

시간의 경계는 없지만, 때론 어떤 일의 정리와 시작을 통해 사람은 개인적인 시간의 경계를 간직하게 된다. 지난겨울 나는 몇몇 사람들을 떠나보냈고, 또 나를 용서해야 했다. 그리고 오늘 물끄러미 소파에 앉아 어린 포도나무의 낮은 숨소리를 듣는다. 어떻게 자신의 몸을 기억하고 그걸 다시 꺼내 놓는 재주가 있었을까. 어째서 너는 '너'일 수밖에 없는가. 아이는 오늘도 '아버지가 사랑하는 포도나무'를 그린다. 조금 더 자란 포도나무의 크기에 신기해하면서 포도나무를 그린다.

어지러운 몸을 일으켜 세우고 베란다 문을 연다. 사물이 되어 가는 시간, 익명의 물체가 되어 가는 시간 속에서 기지개를 켠다. 아프다. 살아 있으니 아프다. 그리고 어느 순간, 내게도 어린 포도송이 같은 아이가 생겨난 것이다. 그 아이가 지금 내가 심어 놓은 포도나무를 신기하게 바라보고 있는 것이다. 일상의 단순함 속으로 또 한 발 걸어가야 하는, 봄도 아니고 겨울도 아닌 어정쩡한 2월의 날씨는 아직 여전히 춥다.

시간은 기다린다고 해서 오는 것도 아니고, 버리고 싶다고 해서 버릴 수 있는 것이 아니다. 다만 꿈틀거리는 내면의 어떤 거룩한 의지에 따라 몸을 일으켜 세우고 밖을 향해 걸어가는 것이다. 불행히도 슬픔을 기쁨으로 바꿀 능력이 내겐 없다. 올 여름엔 포도를 먹을 수 있을까. 그것도 모를 일이다. 오는 것은 기어이 오고, 가는 것은 기어이 간다. 남쪽에 매화가 피었다는 소식이 있으니 내일은 꽃이나 보러 갈까. 하지만 모르겠다. 이러지도 저러지도 못하는 시간을 살고 있으며 앞으로도 그럴 것이다. 아이는 웃고, 나도 따라 웃어 본다. 웃음과 웃음 사이에 2월이 있고 그사이에 물린 내 중년이 어지럽다.

사과나무

이 이야기는 태초의 어떤 말 잘하는 인간에 대한 것이다.

그는 갖가지 동물과 식물을 관찰하고 그 특징을 살펴본 후 그에 맞는 이름을 붙이고 즐거워했다. 뿐만 아니라 그는 아직 '말'이 되지 못한 어눌한 자신의 말로 사람들을 가르치고 훈계하였다. 그의 의식 속에는 언어와 실체 사이의 틈이 존재하지 않았다. 가령 그가 '사과나무'라고 외쳤을 때 그것은 온전한 사과나무가 되어 주었다. 사람들은 그를 통해 보다 많은 지식을 깨달을 수 있었고 보다 넓은 세상을 바라볼 수 있게 되었다. 그는 아주 만족했다. 그는 '사과나무'를 생각하면 금방 입안에 침이 가득 고이곤 했다.

어느 날 그는 새로운 사실을 깨닫게 되었다. 가장 위대한 말은 '침묵'이라는 것. 그가 아직 다 찾아내지 못한 말들이 새롭게 생겨났고, 거리와 마을엔 '말'들이 넘쳐났다. 그리고 아무도 '사과나무'를 말할 때, 그처럼 행복해하거나 만족스런 눈으로 입맛을 다시는 짓을 하지 않게 되었다. 그는 불행해졌다. 더러 그 자신도 '사과나무'를 떠올릴 수 없게 된 것이었다. 어떤 날은 하루 종일 '사과나무'만 생각하다가 시간을 다 보낸 적도 있었다. 설령 사과나무를 찾아가 눈으로 보고 손으로 만져 보고 그 아래서 몇 날 며칠 잠까지 자 보았지만 이제 더 이상 사과나무는 온몸으로 느껴지지 않았다. 그는 '사과나무'를 잊지 않기 위하여 사과나무에 대한 정의를 생각해 보았다. 그러나 그건 너무 힘든 일이었다. 그 어느 것도 '사과나무'에 대한 정확한 정의는 아니었다. 다시는 '말'을 통해 돌아갈 수 없는 세계를 그는 황망히 내려다보고 있었다. 그는 깊은 침묵에 빠져들었다. '말'이 아닌 그 어떤 것으로 '사과나무'를 그려 낼 수 있을까. 그는 자신이 하나의 '사과나무'가 되어 보기로 했다. 온몸으로 사과나무를 느껴 보기로 했다. 그는 이제까지 끔찍하게 아꼈던 '말'을 버렸다.

대지에선 수증기가 피어올라 오고 있었고 해는 하루 종일 지지 않았다. 봄도 여름도 가을도 겨울도 아니었다. 꽃도 벌레도 나무도 사람도 모두 춤을 추고 있었다. 그것은 만물에 불어넣어진 생기였다. 그가 처음 황홀하게 바라보던 태초의 바로 그 아침이었다. 그는 자신의 몸을 바라보았다. 놀라운 것은 그는 이제까지의 그가 아니었다. 그는 있는 그대로의 '사과나무'였다. 사과나무 아닌 그 어떤 것도 아니었다. 그는 큰 소리로 외쳤다.

"와, 여기 사과나무가 있다!"

그는 그 비밀로 가득한 이야기를 들려주기 위하여 우선 사회와 학교, 군중이 모인 곳에서 늘 따돌림을 당해야 했다. 그가 이상한, 한 번도 본 적 없는, 그러나 어디선가 본 듯한, 그 사과나무에 대해 말하려고 하자 사람들은 하품을 하며 그를 떠났다. 누구나 다 알고 있는 사실을 아주 놀랍다는 듯이 말하는 건 그들에게 시간 낭비였다. 그러나 그는 자신이 깨달은 이야기를 누군가에게 전달해야 할 책임이 있었다. "깨달은 자는 설법하라"는 계시를 잊은 적이 없었다. 그는 우선 하나의 사과나무를 키우기 시작했다.

그런데 사과나무를 키우던 그날부터 그는 의심에 빠져들기 시작했다. 이 나무가 정말 '사과나무'가 맞을까? 혹시 '밤나무'나 '살구나무'는 아닐까? 그는 정작 사과나무에 대하여 아는 것이 없었다. 말로 표현될 수 있는 사과나무는 '사과나무'가 아니었다. 그는 의기소침해졌다. 도대체 말로 그려질 수 있는 건 아무것도 없었다. 그는 거리로 나가서 큰 소리로 외쳤다. "여기 내가 보여 주고 싶은 사과나무가 있다!"

그는 사람들 앞에서 사과나무에 대하여 말을 했다. 누가 이 중에 공룡을 본 사람이 있는가. 익룡들이 하늘을 날아다니고 물속에는 어룡들이 헤엄을 치고 다니며, 무서운 육식성 공룡들이 이빨을 드러내 놓고 다니는 세상에서 진짜로 공룡을 본 사람이라면 그에게 공룡이란 말은 얼마나 친숙하고 완벽한 공룡의 기호이겠는가. 여러분께 태초의 한 사과나무에 대해 말하려 하는 것이다. 어쩌면 사과나무를 날것으로 온전히 여러분들 앞에 보여 줄 수 없을 수도 있다. 그러나 사과나무를 딱 한 번 제대로 본 적이 있다.

사람들은 호기심에 가득한 눈으로 모여들었다. 군중 중 몇은 그를 미치광이로 여겼으며 그중에 몇은 시간 낭비하지 말라며 사람들을 선동했다. 사람들의 야유와 웃음과 호기심이 차츰 가라앉고 드디어 그는 사과나무에 대하여 말을 했다.

"사과나무는 빨간 심장을 가지고 있다."

이것이 사과나무에 대한 그의 첫 말이었다. 사람들은 어리둥

절한 표정으로 잠시 눈을 멀뚱거리더니 갑자기 와아, 하고 웃기 시작했다.

물론 그도 알고 있다. 사과나무에 대한 지식은 턱없이 부족하며 어쩌면 아예 틀린 사실을 알고 있을지도 모른다. 그러나 이제 그는 생활의 모든 부분을 새롭게 말하는 버릇을 갖게 되었다. 가령 그는 '해'를 '외눈박이 하늘의 눈동자'라고 말하게 되었다. 그러자 갑자기 하늘의 해는 눈을 껌벅껌벅하면서 그를 내려다보는 것이었다. "말(言)이 날아다니게 될 것이다"라는 예언의 성취였다.

전해져 내려오는 그에 대해 우리가 아는 사실은 별로 없다. 그저 사과나무에 대하여 고민을 무척 많이 했던 태초의 사람이었다는 것 말고는. 그리고 그가 책을 통하여 무엇을 꿈꾸었는지 무엇을 말하려 했는지 우리는 그저 어렴풋이 알고 있을 뿐이다. 중요한 것은 이제 우리는 행복하다는 것이다. 태초의 그가 동물과 식물에 이름을 정하고 기뻐했던 것처럼 날마다 나는 내가 보는 태양과 꽃들과 벌레들에게 말을 걸고 행복해한다는 것이다.

이것은 아마도 유희의 일종일 것이다. 퍼즐을 맞추듯이 어떤 자리에 가장 적합한 것을 채워 넣어야 하는가에 관한 놀이일 것이다. 아니다. 어쩌면 이것은 다시는 회복할 수 없는 우리의 낙원을 추억하는 놀이일 것이다. 아니다. 어쩌면 이것은 사람들의 말처럼 미친 짓일지도 모른다.

나는 지금 들판에 서 있다. 혼돈 같기도 하고 질서 같기도 한 아침이다. 움직이는 것 같기도 하고 멈춰 있는 것 같기도 하다. 아무것도 없는 것 같기도 하고 모든 것이 다 존재하고 있는 것 같기도 하다. 나는 지금 사과나무다.

시(詩)를 찾아가는 시간(時間) 여행

처음 나의 시(詩)는 달에서 왔다. 아버지는 돌아가시기 전에 딱 한 번 나를 업어 주셨을 것이다. 아버지는 충북선 밤 기차를 오가며 외투를 휘날리던 건달, 내가 세 살이 되자 아버지는 서둘러 나를 업고 그 미루나무 아래에 서서 달을 보여 주고 싶었을 것이다. 얼굴도 없는 아버지가 내 기억 속에 환하게 떠오르는 건 그 밤의 달 때문이다. 보아라, 네 어미다, 목에 걸어 두고 배가 고플 때마다 천천히 씹어 먹도록 해라. 아버지는 어린 내게 커다란 달 하나를 보여 주시고 가신 것이다.

그 밤, 미루나무 아래에 한 남자가 가마니를 덮고 누워 있었다. 그러나 그것이 진짜였는지, 내 기억이 비의도적으로 만든 환상이었는지는 중요하지 않다. 중요한 것은, 거기 한 남자가 죽어 있었고, 메주 냄새와 곰팡이 냄새가 지독했고, 포자들이 둥둥 떠서 달빛 속에 날아다녔다는 것이다. 나는 달이 마을을 통째로 집어삼키고 아버지 키를 타 넘어가는 것을 보고 있었다.

처음 나의 시는 그렇게 왔다. 현실과 환상의 지평선 위에 걸려 있던 달덩이와 지금의 내 나이에 요절한 한 사내의 주검과 썩은 가마니와 메주 냄새 속에서 그날 밤 시는 혼령처럼 조용히 내게 스며들어 왔던 것이다.

코끼리를 타고 가다

나에게도 코끼리가 있었다. 귀가 찢어져 피를 흘리는 코끼리, 커다란 귀를 펄럭이며 순한 어금니로 툭툭 나를 받던 코끼리. 나는 그것을 파출소 앞에서 보았다. 하지만 나는 코끼리에겐 별 관심이 없었다. 내가 가지고 싶은 것은 총이었다. 나는 정말이지 살 수만 있다면 그 총을 사고 싶었다. 콧수염을 기른 무서운 순경 아저씨, 제복을 입고 모자를 쓰고 서 있는 무서운 순경 아저씨. 사실 코끼리는 이다음에 커서 다시 타 보면 되는 것이었다. 그깟 피 흘리는 병신 코끼리, 서커스에서 공놀이나 하는 코끼리 따위는 정말 관심 없었다.

그해 겨울, 나는 조부모님을 따라 정선을 떠났다. 할아버지가 얻은 것은 까맣게 타 버린 위와 수전증뿐이었다. 탄광촌의 까만 모래밭에서, 까만 세발자전거를 타고, 까만 똥을 누던 친구 하나가 있었지만 나는 그 아이가 파 놓는 모래 구덩이가 마음에 들지 않았다. 농아였던 그 아이 엄마가 만드는 이상한 손 이야기는 도대체 알아들을 수가 없었다.

이상한 일이다. 혼자 있는 밤이면 나는 코끼리 생각이 난다. 내가 가지고 싶었던 것은 코끼리가 아니었다. 창살에 갇혀 눈곱이 덕지덕지 달라붙은 눈으로 눈물을 흘리는 그런 병든 코끼리가 아니었다. 그러나 나는 이제 코끼리를 생각하게 되었다. 코끼리 아닌 것은 다 지워지고 코끼리 같은 것, 코끼리인 것만 생각이 난다.

길 안에서 길 찾기

나는 빨간 륙색을 메고 집을 나섰다. 어머니는 새벽에 도망치듯 뒷길로 떠나셨다. 중앙토건, 중앙토건, 나는 어머니가 가르쳐 준 중앙토건 옆 작은 슬레이트집을 생각했다. 륙색 안에는 사과 한 알이 들어 있었다. 중앙토건, 중앙토건, 나는 중앙토건을 찾아야 했다.

얼마를 걸어갔던 것일까. 나는 오줌이 마려웠고, 추웠고, 길을 잃었고, 겨우 아홉 살이었고, 가방 안엔 사과 한 알이 전부였고, '자연보호'를 해야 하는 착한 국민학생이었고, 자연을 훼손하면 벌금 백만 원을 물어 주는 것이 무서웠던 가난한 집 아이였고, 그래서 나는 오줌을 쌌고, 경찰서에 인계되어 끝내 중앙토건은 찾지 못했고. 중앙토건, 중앙토건, 지금도 내가 찾아가야 할 그 어두운 골목. 지금도 그 골목엔 어머니가 살고 있고 백발이 다 된 시가 살고 있고, 아직도 내가 가진 것은 사과 한 알이 전부.

날아라, 시

우리 집엔 하늘을 나는 자전거가 있어. 나랑 함께 놀아 주면 한 번씩 태워 줄게. 게다가 오늘은 내 생일이야. 바나나도 있고 맛있는 케이크도 있지. 나랑 놀자. 집엔 아무도 없어. 할아버지는 아프셔서 누워 있고 할머니는 행상 나가셨고 어머니는 공장에 가셨어. 나는 숙제도 해 줄 수 있고 무엇보다 내겐 하늘을 나는 자전거가 있어.

나는 밤마다 자전거를 타고 하늘을 날아다니는 상상을 했다. 우산을 지붕처럼 달고 페달을 굴리면 마을 위로 사뿐히 떠오르는 자전거. 내 꿈속에서 자전거는 정말 하늘을 날아 강도 건너

고 산도 넘었다. 공중을 한 바퀴 돌아 천천히 땅에 내리는 내 자전거, 할머니께 생떼를 써서 고물상에서 산 삼천 원짜리 고물 자전거, '노틸러스'.

나는 거짓말을 하고 싶었던 건 아니었다. 그랬으면 좋겠다는 상상을 누군가에게도 믿게 하고 싶었다. 아니다, 나는 외로웠다. 주목받고 싶었다. 아니다, 내 자전거는 정말 하늘을 날 수 있었던 건지도 모른다. 아니다, 나는 날고 싶었던 건지도 모른다.

첫사랑, 아버지와 달

내가 시를 말할 때마다 첫사랑 이야기를 꺼내는 것을 본다면 아마 너는 웃을 것이다. 모든 이미지의 깨어남, 잃어버린 고대의 회복, 우주와의 황홀한 교감. 너는 내 속에 죽은 아버지가 들어앉아 있다는 사실을 알지 못할 것이다. 너는 다만 어떤 연애시도 쓸 수 없는 나의 비관주의에 대해 잠시 웃다가 돌아설 뿐이다.

나는 팔을 뻗어 달을 집어삼켰다. 목구멍이 찢어졌고 순식간에
나는 깜깜해졌다. 나는 돌멩이를 움켜쥐고 그녀 뒤로 다가섰다.

누구도 사랑하지 않겠어, 다시는 수음을 하지 않겠어, 나는 떨며
돌멩이를 움켜잡고 그녀의 뒤통수를 바라보았다. 달이 내 속에서
몸을 뒤틀고 있었다. 반짝, 꽃들이 보석처럼 빛이 났다. 그녀가
웃었다. 내 몸속의 뼈들이 투명한 생선 가시처럼 다 보였다.
나는 들고 있던 돌멩이를 들어 내 성기를 마구 찍기 시작했다.
내 몸에선 석유 냄새가 났다. 나는 흐느끼며 달아나기 시작했다.
검게, 검게, 꽃물 드는 밤이었습니다, 아버지……

—최금진, 「월식」 부분

로뎀나무 아래서

그 나무 아래서 참 많은 것을 생각했다. 기형도를 읽었고 파스칼을 읽었고 내 몸은 거의 안개에 가까워졌었다. 새벽 거리를 걸어 한 나무에게로 다가섰을 때, 나는 그 나무가 은행나무가 아닌 로뎀나무인 것을 알았다. 선지자 엘리야가 폭군 아합왕에게 쫓겨 절망 가운데 앉아 있던 성경 속의 나무, 그 나무는 아주 우울하게 내게 물었다. 왜 모든 시는 어둡고 너는 혼자 여기 서 있는가.

까마귀들이 날아왔다. 까마귀들은 은행잎이었다. 나는 그중 하나를 집어 들고 그 가느다란 잎맥을 열어 보았다. 은행

잎은 까옥까옥, 울었다. 거리에 까마귀들이 샛노랗게 내려앉고 있었다.

일찍 일어나 걸어가는 행인들의 입에 뿌연 입김이 달려 있었다. 그들은 그것을 달고 하늘에 오르기 위해 열심히 풍선을 부는 것 같았다. 나는 안개 속이었다. 나는 안개 속에서 나와 마주 서서 물었다. 너는 어디로 가는가.

로뎀나무 아래에 앉아 있던 내 몸이 안개에 지워지고 있었다. 나는 뭉개진 손을 들어 품에 넣었다. 놀랍게도 거기에 까마귀가 들어 있었다. 까마귀는 있는 힘을 다하여 내 입에 떡을 넣어 주었다. 나는 눈이 밝아졌다. 나는 일어나 허리띠를 고쳐 매고 달리기 시작했다. 지구가 내 뒤에서 헐레벌떡 따라오고 있었다. 나는 안개 속에 혼자 서 있었다. 이제 너는 스스로 시가 되어라, 처음이자 마지막으로 나는 내게 명령을 내렸다.

가장 최근에 만난 어린 왕자

일곱 살 이후로 소년은 내게 말을 걸지 않았다. 소년은 언제나 나를 앞서 가 내가 당도하기만을 기다려 줄 뿐이었다. 사는 게 늘 술집이었다. 그날 나는 취해 있었고 누군가 내 신발을 바꿔 신고 돌아갔지만 나는 일부러 그를 쫓아가지 않았다. 어두운 골목길 모퉁이, 누군가 쓰레기통을 뒤져 먹을 것을 찾고 있었다. 아주 가까운 거리를 두고 나는 그를 지켜보았다. 들키지 않으려는 듯 그러나 어쩔 수 없는 절망의 얼굴로 그가 문득 뒤를 돌아보았을 때 나는 황망히 눈을 꼭 감을 수밖에 없었다. 땟물이 줄줄 흐르는 손에 썩은 생선과 식은 밥덩이를 들고 서서 그는 나를 바라보며 잔뜩 일그러진 얼굴로 웃고 있었다.

이제 이 한숨뿐인 이야기를 끝낼 시간이다.

나는 소년을 원망하지 않는다.

그도 이미 늙어 버린 것이다.

그리고

내 손엔, 내 것도 그 누구의 것도 아닌, 낡은 신발 한 짝이 들려져 있다.

나는 그것을 詩의 발이라 믿는다.

쭈뼛거리다

아무것도 표현하지 않는 극단적인 전위조차 아무것도 하지 않음으로써 자기 발언을 실현한다. 그러나 아무것도 쓰지 않는 것보다 구차하지만 뭔가를 써서 나를 발언하는 것이 그래도 희망이다. 발언의 존재로서 나를 말하자면, 나 또한 누군가에게 하나의 작품이 아닐까. 발언의 내용과 형식은 분명 한 몸이지만, 나는 상처와 절망이 문학적 발언의 원천이라고 믿는다. 내면과 행동의 균열인 '쭈뼛거림'의 정체를 파악하여 절망과 기교가 어떻게 내 시를 이끌고 가는지를 말하고 싶다.

쭈뼛거리는 사람에게 돌아가는 평가는 언제나 '내용적으로 부족한 사람'이다. 나는 늘 '쭈뼛거리는' 사람으로 살아왔다. 어딘가 좀 모자라고 수줍어하고 부끄러워하는 사람, 남들이 쉽게 처리하고 단순하게 생각하는 일상을 어렵고 힘들게 고민하는 사람, 어두운 사람, 어색한 사람. 겉과 속, 바깥과 내면은 이렇게 끝없이 자아의 통일을 꿈꾸며 표정을 통제하고 행동을 간섭한다.

'문'에 대해 말하자면, 나는 녹슨 파란색 철문을 말할 수밖에 없다. 그것은 아름다운 것이 아니다. 그 문 안에는 지독하게 웃자란 잡풀들과 흐느적거리는 빨래들과 병든 할머니의 기침 같은 것들이 금방이라도 뛰쳐나올 준비를 하고 있으니까. *나는 나를 이해하기 위해 과거에 집착했었다. 과거 어느 시점에서 내가 망가졌는지를 알아낸다면 쉽게 복구할 수 있으리란 막연한 희망 때문이었다.* 물론 과거란 현재와 교묘하게 섞여서 왜곡되고 변형되고 재창조되는 법이어서 그 흔적은 모호하며, 그 기원은 확인 불가능할지라도, 나는 내가 지나온 날들을 꺼내 보이면서 '이렇게 될 수밖에 없었다'고 항변이라도 하고 싶었다. 나를 완벽하게 뜯어고치려면 그 녹슨 철대문에 대한 기억부터 바꾸어야 하는 것인데, 어찌하랴, 나는 이미 과거로부터 추억으로부터 너무 많이 거슬러 왔고 '나'라는 한 인간에 대한 긍정적 평가를 얻어 내기엔 이제 완전히 글러 먹은 것이다.

나는 '쭈뼛거린다', 고로 존재한다. 못마땅한 하나를 부정하면 다른 하나가 어색해지고, 그 다른 하나를 짓누르면 또 다른 하나가 화를 낸다. 어느 것을 부정하든 나는 존재할 수 없게 된다. 그 긍정과 부정의 사이에서 나는 '쭈뼛거린다'. 그것이 '나'라는 작품이 사람들에게 읽히는 내용이며 또한 형식이다. 나는 부지런히 내 쭈뼛거림의 이유와 쭈뼛거림에 대한 변명을 통해 나의 균열을 메우며 글을 쓴다. 글쓰기가 내 겉모습을 그럴 듯하게 채워 줄 것이라는 기대 때문이다. 절망이 쭈뼛거리는 기교를 낳는다. 절망이 쭈뼛거리며 나를 발언한다. 쭈뼛거리는 내가 '나'를 분노하고, '나'를 표현하고, '나'를 끌고 간다.

편견

나는 외곬인 것을 사랑한다. 극단이어도 좋다. 어차피 인간은 만물의 척도, 내가 보는 것으로 세상을 인식한다. 편견 속에 내리는 눈은 아름답다. 눈이 너무 많이 내려 길을 잃은 적도 있다. 길을 잃고 눈밭을 헤매는 사람은 미치광이 같겠지만 그의 머리카락에 잔뜩 달라붙은 눈송이들은 순결하다. 큰아버지는 눈에서 길을 잃고 미쳐서 돌아왔다. 큰아버지의 눈에 켜진 환한 등불이 나는 무서웠다. 큰아버지가 휘두르던 부엌칼과 거침없는 욕설들과 의처증을 몸으로 받아 내던 큰어머니가 불쌍했다. 그러나 고드름처럼 빛나는 확신에 사로잡혀 세상의 정수리를 겨누는 것들은 얼마나 맑고 투명한가. 큰아버지

의 눈 속 얼음 호수에 꽁꽁 언 채 유영하던 물고기들. 나는 눈들이 웅성거리며 큰아버지 제사상을 받아먹으러 산을 넘어오는 것을 보았다. 하나의 거대한 편견이 이루는 산맥의 한 갈래에서 나는 고개를 들고 보았다. 눈의 순백의 편견, 눈의 환한 극단. 죽음이 아니면 도달할 수 없는 세상에서 눈발은 몰아친다. 모든 길을 지우고 거기에 눈발은 자신의 몸으로 길을 새로 깐다. 그리고 그 길을 내가 걸어간다. 길을 걷는 순간은 자신이 길이다. 설령 그것이 얼음 호수 속이어도 좋다. 세상의 가장 먼 곳에서 전혀 새로운 길을 만드는 사람은 그러나 미친 사람인지도 모른다.

웃음

완벽하게 행복하지 않으면 웃지 말아야 한다. 헐렁한 웃음의 빈틈으로 새어 나오는 죽음의 차가운 입김과 썩은 냄새를 가릴 수 있을까. 완벽하게 자신을 속일 수 없다면 적어도 웃음은 무서운 것이어야 한다. 그러므로 자신의 웃음에 책임지지 못하는 사람들은 위선자다. 아무 데서나 웃음을 흘리고 다니고 아무 데서나 행복을 자랑하는 사람들은 놀랍다. 그들은 자신의 불행을 완벽하게 모르고 있다. 그러나 그들은 너무 많다. 그들은 모여서 다수결로 투표를 하고 다수결로 법을 집행한다. 나는 웃음을 연습하며 살았다. 그들과 가장 비슷한 웃음을 짓는 것이 일생의 과제이다. 그리고 나는 왠지 웃음의 표준과 규격이 있을 것만 같다. 내가 도달해 보지 못한 해안 저쪽엔 행복하고 밝고 명랑한 세상이 있을 것만 같다. 나는 내 얼굴의 웃음을 의심한다. 내가 가진 모든 것이 초라하게만 생각된다. 좀 더 완벽한 웃음을 찾기 위한 결핍은 나를 학대한다. 나는 기꺼이 매를 맞는다. 나를 채찍질하는 시의 얼굴을 보라. 희고 고운 이빨을 드러내 놓고 깨끗한 알몸인 시를 보라. 처음 나무를 심었을 때, 자전거를 타고 내 곁을 지나가던 애인의 길고 고운 머리카락처럼 향기로운 시의 웃음을 보라. 나는 웃음 앞에서 한없는 열등감을 갖고 사랑을 배운다. 시가 나를 보고 웃는다.

등단무렵

그 무렵, 나는 정말 글만 쓰고 싶었다. 글 쓰는 일 아니면 어디에고 내 초라한 삶의 명목은 없었다. 두 번 병원에 입원했고, 직장을 그만두었으며, 밤마다 실성한 사람처럼 저수지와 숲과 덤불을 헤치고 돌아다녔다. 시속 120킬로를 밟고 강원도 산길을 쏘다니면서, 핸들을 놓아 버리고 싶었던 적이 한두 번이 아니었다. 살해당해도 좋다고 생각했다. 누군가 음식물을 담아 버리고 간 검은 비닐봉지처럼, 그 인적 없는 산길에 방치된 채 내 삶도 그렇게 썩어 가고 있었다. 그리고 파리 떼처럼 지겹게 질문이 몰려들었다. 나는 누구인가. 나는 서른두 살이고, 가장이고, 여행을 좋아하고, 뱃살이 좀 나왔고, 평범한 교사고…… 그러나 내가 애써 회피하듯 내린 결론은 다시 질문이 되어 돌아왔다. 이제껏

믿어 왔던 생에 대한 확신이 뿌리째 흔들렸다. 모든 것이 다 나를 배신하고 있었다. 반쯤 썩은 해골의 여자, 그 여자의 허망한 웃음은 바로 나의 것이었다. 세상을 향해 나는 있는 힘을 다해 묻고 싶었다. 나는 누구인가. 절망한다는 것은 그렇게 온몸으로 질문을 던지는 것이었다.

차는 계곡에서 한 달 뒤에 발견되었다
꽁무니에 썩은 알을 잔뜩 매달고 다니는
가재들이 타이어에 달라붙어 있었다
너무도 완벽했으므로 턱뼈가 으스러진 해골은
반쯤 웃고만 있었다

접근할 수 없는 내막으로 닫혀진 트렁크의

수상한 냄새 속으로 파리들이 날아다녔다

움푹 꺼진 여사의 눈알 속에 떨어진 담뱃재는

너무도 흔해빠진 국산이었다

함몰된 이마에서 붉게 솟구치다가 말라 갔을

여자의 기억들은 망치처럼 단단하게 굳었다

흐물거리는 지갑 안에 접혀진 메모 한 장

'나는 당신의 무엇이었을까'

헤벌어진 해골의 웃음이

둘러싼 사람들을 물끄러미 올려다보고 있었다

나는 무엇, 무엇이었을까……메아리가

축문처럼 주검 위에 잠시 머물다가 사라져 갔다

—「사랑에 대한 짤막한 질문」(2001년 제1회 창비신인시인상 당선작)

나는 이렇게 망했다

봄이 오고 있는데, 생활고를 비관한 자살 사건들이 줄을 잇는다. 언론을 통해 드러난 것이 전부는 아닐 것이다. 밀린 카드 고지서 때문에, 방세와 식비 때문에, 실직과 병고 때문에, 누구와도 함께 나눌 수 없었던 사연을 두고 오늘도 사람들이 죽어나간다. 일확천금의 대박이 아니면 누구도 구제해 줄 수 없는 죽음들이 또 엄살처럼 왔다가 간다.

아픔이 엄살로 치부되는 단절감을 수차례 겪으면서 나 또한 어른이 되었다고 믿는다. 덕분에 나는 말해야 하는 것과 말해선 안 되는 것들을 구분할 수 있게 되었으며, 더 나아가 상대방의 불편한 반응을 금세 감지하거나 자연스럽게 화제를 다른 곳으로 돌릴 수 있는 방법도 터득하게 되었다. 그로 인해 내가 얻은 것은 세상에 대한 냉소였다.

초등학교 4학년 때였다. 지금도 그렇지만 예전엔 더욱 드물었던 택시 운전을 하며 어머니는 우리 남매를 거두셨다. 작은 소읍은 거기서 거기인지라 길을 가다가도 자주 어머니의 노란 택시와 만날 수밖에 없었는데, 나는 정말 죽고 싶을 만큼 그 순간들이 싫었다. 친구들의 놀란 표정과 킥킥거리는 웃음 앞에서 나는 아버지의 부재와 가족의 가난에 대해 설명할 자신이 없었다. 나는 말수가 적었고 자주 사나운 아이였다.

어쩌면 태어나면서부터 불평과 엄살을 입에 달고 있는 사람이 있는지도 모르겠다. 불행과 가난쯤은 아무것도 아닌데 그에 대해 지나치게 예민한 사람이 있는지도 모르겠다. 아버지의 부재와 어머니의 택시 운전, 소금을 반찬으로 놓고 먹는 저녁, 귀가하지 않는 어머니와 불면의 밤과 연탄가스에 대해 조금 관대했어야 했던 건지도 모를 일이다. 그렇다면 그것은 아무것도 아닌 일이 되었을 것이다. 어머니 앞에서 부엌칼을 목에 대고 울던 기억 같은 것도 없었을 것이다.

사소해지기 위해 나도 많은 노력을 했었다. 물론 그건 중년의 나이가 된 지금도 그렇다. 누구나 다 겪는 일이며, 누구다 다 힘들게 산다. 질질 짜지 말자. 남자답게 살자. 티 내지 말자. 상처 입은 짐승이 제 입을 닫고 신음을 견디듯이 앞을 똑바로 보자. 쓰러지지 말자. 좌절하지 말자. 나는 수없이 이런 말들을 노트에 썼고 마음에 새겼었다.

오늘, 여기 이 사회에선 어떠한가. TV에서 방영되는 갖가지 사건, 사고 속의 인물들은 그저 추상적으로 안타까울 뿐이다. 이웃의 불행도 단지 그 대상이 내가 아니라는 안도감 속에서나 동정할 수 있다. 용인되는 선에서, 상식적인 선에서 우리는 그 불행을 포용하는 척하는 것이다.

걸프전이 벌어진 1990년에 나는 대학생이었다. 텔레비전에서 스커드 미사일과 패트리어트 미사일이 발사되는 장면을 연일 보여 주었다. 신기하고 재미있었다. 미사일에 누가 죽어 가는지는 생각하지 않았다. 농구 골대에 매달렸다가 떨어져 다리가 부러진 친구의 이야기처럼 아무렇지도 않게 재미있었다.

그 무렵 돌아가신 할머니 장례식에서 육개장은 정말 맛있었다. 할머니야말로 불행의 상징 그 자체일 것이다. 평생 알코올 중독자 남편에게 맞고 살다가 어느 날 자살했다. 마흔이 안 된 두 아들의 죽음을 직접 눈으로 봐야 했고, 일생 옷장사를 하며 시골을 떠돌았다. 어린 시절을 할머니 손에서 자란 나는 할머니의 냄새나는 옷과 손바닥이 싫었다. 나는 오직 '나'의 불행 앞에서만 진심으로 불행해졌다. 그러나 누구도 이러한 모순에 대해 손가락질할 수는 없을 것이다.

나 개인의 경우를 놓고 보자면 언제나 두 가지 모순이 발생한다. 우울한 감정과 불행한 사실의 희생자인 동시에 나는 가해

자이다. 그런 점에서 나 또한 타인의 절망 앞에서, 수긍하기 힘든 얼굴로 다소 놀란 눈을 뜨고 서둘러 화제를 다른 곳으로 돌리려는 자일 것이다. 이처럼 나의 불행에 대해선 관대하며, 타인의 슬픔에 대해선 엄살과 과장이라는 냉정한 결론을 내리며, 나는 점점 더 고독해졌다.

문학적인 관점에서 이러한 호들갑은 상투적인 표현, 진부한 표현의 과장에 지나지 않는다. 인생 자체가 고해인데, 그 무한한 절망의 바다에 작은 나룻배처럼 흔들리는 나 하나의 불행은 아무것도 아닌 것이다. 이제까지 만난 사람들이 내 이야기를 받아들이는 태도도 그러했으며, 나 또한 그런 관점에서 타인의 이야기를 사소하고도 통속적인 클리셰(cliche)로 받아들였다.

뻔하고 지겨운 불행들, 노동자의 죽음, 노인들의 고독사, 청년 실업률…… 이 모든 절망에 대해 과부하가 걸린 상태에서 나는 점점 책을 읽지 않게 되었다. 글자를 보는 것만으로도 머리가 지끈거리며, 그 내용이란 것도 예상할 수 있는 뻔한 말을 기록하고 있다는 회의감 때문이었다. 게다가 책의 진정성을 의심하게 된 것이다. 배울 만큼 배운 작가들, 문화적으로 세련되고 부르주아적 양식에 심취된 작가들, 머리론 좌파의 이념을 따르지만 정작 그들의 문화적 양식은 그 누구보다 자본주의적인 작가들, 특정한 직업도 없으며 결혼도 하지 않고, 아이도 낳지 않은 '소년' 같은 미숙한 작가들의 고통이란 얼마나 추상적이고 피상적인가. 나는 그들이 생산하는 기형적인 말끔함과 우울에 동조할 수가 없다. 동료 작가들의 절망조차도 의구심을 가지게 된 것이다. 현실을 반영하는 소위 리얼리즘 문학조차도 얼마나 조잡한가. 예상할 수 있는 불행과 통속적인 결말을 앞에 두고 감동을 하기란 버거운 일이지 않은가. 오직 나의 불행, 오직 내가 살아가는 이 지겨운 생활만이 눈에 밟히는 법, 어떤 책을 펼치든 나는 짜증이 난다.

나의 이러한 상태는 매우 안 좋은 것이다. 글을 써서 세상을 바꾸겠다거나 미학적 감수성이 정치적인 어떤 변화를 주도할 수 있다는 가능성에 불신을 품는 것이기 때문이다. 근본적으로 이것은 허무주의이며, 허무가 비록 인생의 본질일지는 모르지만 이 허무 또한 식상한 것으로 귀결된다는 점에서 식상하기 때문이다. 타인의 이야기에 공감하지 못하면서 동시에 나의 이야기에 대한 신뢰도 잃어 갔다. 때로는 거의 독단적으로 내 이야기에만 진정성을 두면서 그 누군가의 이야기는 엄살과 넋두리, 문학적 클리셰로 몰아가기도 했다.

이리하여, 드디어 나는 완전히 망하게 된 것이다. 생계를 비관하여 자살하는 사람들이 넘치고, 청소년 행복지수가 제일 낮은 나라, 자살률이 세계 1위인 나라, 민주국가이지만 절대로 민주적이지 못한 사회, 그 속에서 나는 망하게 된 것이다. 사람들의 말과 표정을 믿지 않게 되었고, 글을 통한 긍정적 변화를 믿지 않게 되었으며, 나의 불행과 타인의 불행에 거대한 틈이 있어서 그 틈을 채울 가능성은 없다는 것을 알기 때문이다. 나는 타인의 불행과 나의 불행 모두에서 소외를 당하게 된 것이다.

봄이 어서 왔으면 좋겠다고, 빈 밭에 냉이나 캐면서 쉬고 싶다고, 어제 누군가에게 문자를 보냈다. 그 말의 전후 맥락은 영원히 숨겨질 것이다. 한 십 년 잠만 자고 싶다고 SNS에 올렸다. 역시 그 비밀과 내막은 읽히지 못할 것이다. 거기에 구구절절 개인사를 첨가할 생각은 없다. 한 사람의 인생은 여러 사람들에 의해 통속적인 것으로 바뀐다. 이 허무맹랑한 곡해와 오독 앞에서 나는 그 누구도 달가워하지 않는 시를 쓴다. 도대체 시마저 쓰지 못했다면 어디에다 대고 나를 하소연할까. 하지만 누가 과연 나의 이야기를 자신의 것으로 뼈아프게 읽어 내는 창의적인 독자가 되어 줄 것인가. 누가 과연 자신의 감정을 이입하여 울고 웃고 놀라고 황당해할 것인가. 모든 이의 고통이 엄살과 클리셰로 헐값에 넘어간 세상에서 이렇게 시의 이름을 내걸고 떠드는 것은 어떤 의미가 있을 것인가.

작가는 창의적으로 불행을 형상화시킬 수 있어야 한다. 동시에, 타인의 불행을 자신의 것으로 받아들일 수 있는 창의적인 독자가 되어야 한다. 우리는 너무도 많은 절망을 마주 보며 살아간다. TV나 신문, 인터넷 같은 매체를 통해서 무작위로 쏟

아져 나오는 불행에 대해 이미 포기한 상태로 받아들인다. 이에 대한 반성과 성찰을 통해 우리의 고장 난 안테나를 길게 뽑아 올려야 한다. 공감하고 감정을 이입하고 모든 불행을 자신의 것처럼 내면화할 수 있는 능력 즉, 창의적이고 능동적인 수용 능력이 필요할 때다. 자신의 불행을 통해 타인의 불행을 들여다볼 수 있어야 한다.

엄살은 미숙한 것이며 그 엄살의 클리셰는 추방되어야 한다는 결론의 피해자는 결국 나였다. 아픈 건 아프고, 슬픈 건 슬프고, 외로운 건 외롭다고 말하지 못한 덕에 나는 나 자신을 소외시켰으며 세상을 불신하게 되었다. 불행을 추방하는 이성적인 시각에선 가난한 모녀가 자살을 하였든 어쨌든 그런 이야기는 무수한 소음처럼 들린다. 국가와 국가 간의 전쟁, 지진으로 인한 사망자, 옆집 사람들의 싸움과 울음소리……. 내게 남은 것은 무엇인가. 무덤뿐인 방, 낡은 스탠드의 불빛, 새벽 세 시를 알리는 종소리, 깜박거리는 컴퓨터의 커서, 그리고 이 망연자실함……. 아아, 당신과 나는 이렇게 망해 온 것이다.

새가 날아간 자리

쌓인 눈 위에 다시 눈이 사나흘이나 내렸다. 먹이를 먹지 못한 참새들이 논둑 주변을 맴돌고 있을 것이 분명했다. 방학을 맞은 아이들은 아침 일찍부터 뒷산에 올라가 힘 빠진 꿩이나 토끼를 잡으려고 종일 눈밭을 쏘다녔다. 나도 마침 논둑에서 참새 한 마리를 쫓고 있었다. 한 시간 가까이 여러 논을 뛰어넘으며 참새를 뒤쫓았다. 매운바람이 코끝에 가득 달라붙었지만 새를 쫓아다니는 기분은 여간 재미있는 것이 아니었다. 그리고 마침 내 몸을 날리면 단번에 참새를 잡을 수 있는 거리에서 나는 헐떡이며 앉아 있는 참새를 보았다. 몇 번의 심호흡. 나는 참새를 향해 온몸을 던졌다. 서툴고 어린 사냥꾼인 내 손에 참새가 정말 잡힐 거라는 기대도, 준비도 없이 그렇게 몸을 날렸다. 그리고 내가 그 작은 참새를 두 손에 움켜쥐었을 때 내가 얻은 것은 어떤 쾌감이나 성취욕이 아니었다. 기쁨이나 환희의 감정과는 아예 거리가 멀었다. 캄캄한 어둠 속에서 형체를 알 수 없는 물체를 만졌을 때의 공포 같은 것이었다. 새의 작은 몸통에 그토록 커다랗게 울리는 심장의 고동이 있었을 줄이야. 참새는 전신을 다해 자신의 존재를 내 손아귀에 전달하고 있었다. 나는 알 수 없는 커다란 두려움에 사로잡혀 참새를 그만 놓아 버렸다. 참새는 포르르 맑고 투명한 하늘 속으로 사라져 갔다. 새가 날아간 자리를 나는 한참이나 멍하게 바라보았다.

언젠가 또 그렇게 한 사람을 보내 준 적이 있었다. 첫사랑이었다. 시골 교회에선 크리스마스이브엔 새벽까지 집집을 돌며 찬송가를 불렀다. 하늘엔 달무리가 잔뜩 퍼져 있었다. 사람들 틈에 끼어서 나는 하나도 기쁘지 않은 노래를 불렀다. 내 눈과 마음은 단 한 사람의 것이었다. 그 한 사람의 존재로 인해 삶은 아름다웠고, 그 아름다움의 대가는 혹독했다. 보내지 못한 수백 통의 편지를 태우거나 그 사람의 불 꺼진 창문을 오래 바라보는 일조차 아무 의미가 되지 못했다. 시골집들은 언덕과 들길 사이사이에 불씨처럼 숨어 있었다. 그 작은 집들이 켜 놓은 등불은 환하고 아름다운 지상의 또 다른 별자리였다. 크리스마스엔 누구라도 순한 양이 되어 별들이 은종을 울리는 소리를 들었다. 달무리 속으로 순결하고 깨끗한 믿음의 사람들이 둘씩 셋씩 짝을 이루어 흥겹게 걸어가고 있었다. 하지만 나는 그 속에서 불안함과 흥분, 부끄러움과 갈망에 사로잡힌 채 아무도 모르게 한숨을 쉬고 있었다. 사람들의 기쁨과 넉넉함에 전혀 어울릴 수 없는 존재는 진정 외로운 사람이었다. 평화와 안식으로부터의 소외. 사랑하는 그 사람의 크고 맑은 눈동자 속에 가득 담긴 사람은 내가 아니었다. 그 사람은 내게서 자꾸 멀어져 다른 사람에게로 가고 있었으나 나는 그 절망을 따라잡을 수 없었다. 하늘에선 몇 개의 눈송이가 가볍게 날리고 있었다.

어떤 것도 내 것은 없다. 그것은 처음부터 그냥 있던 그 자리에 있었을 뿐이고, 그것을 놓아 보내는 것은 당연한 일이다. 모든 집착은 나 자신을 위한 것이었다. 슬픔과 고통을 견뎌 내지 못할 것 같은 어리석은 나를 위한 욕심일 뿐이었다. 사랑한다는 이유로 새의 날개를 꺾을 순 없다. 깨달음은 절절한 후회 뒤에나 생긴다. 그러니까 삶은 원하는 것보다 늘 한 박자가 늦는다. 간절히 원할수록 멀리 날아가 버린다. 그리고 그것은 내 것이 아니다. 날아가 버린 그는 그 자신의 것이다. 그렇다면 새가 날아간 자리에 무엇이 남을까. 나뭇가지의 작은 떨림. 공기의 촉촉한 파동. 채 내게 와 닿지 못하고 흩어진 새의 온기. 허공을 더듬듯 내밀다가 거두어들이는 떨리는 손. 이제 그 모든 것들이 잦아드는 현의 떨림처럼 제자리를 잡아 갈 때, 문득, 한 해의 마지막인 12월은 와 있고, 공중에선 새의 깃털보다 가벼운 눈송이들이 하나둘 내려와 손등에 앉았다가 금세 녹아 버리는 것이다. 새가 날아간 자리처럼 세상은 한없이 고요하고 눈은 하늘과 들판을 지우고 다시 나를 지워 간다. 12월, 아무것도 남은 게 없으나 그것을 바라보는 사람의 눈은 깊으며 또한 맑다.

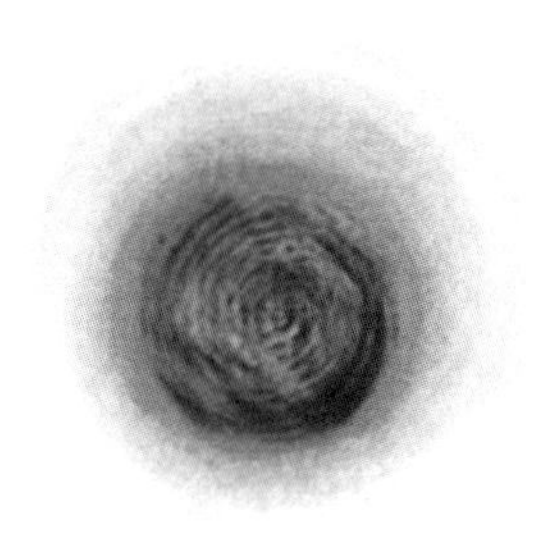

살아남은 자의 슬픔

'장미'는 먹는 게 아니다. 장미는 식용이라기보다는 관상용이다. 장미를 먹으면 이상한 사람으로 취급될 것이다. 현실에서 맛볼 수 없는 장미는 이제 환상의 영역에 존재하는 꽃이 된다. 환상은 환상이니까 배가 고프다. 도달할 수 없는 대상에 대한 욕망은 채워지지 않는 '허기'가 된다. 기쁨도 아니며, 슬픔도 아니다. 아니, 슬픔이며 동시에 기쁨이다. 이 모순된 양가성은 태연하고도 버젓이 꿈과 현실에서 동시에 모습을 드러낸다.

장미를 라면 속에 넣고 끓여 먹은 적이 있다네

한 바구니 붉은 꽃잎들이 숨이 죽고 팔팔 끓을 때

너에 대한 혐오, 너에 대한 집착, 사랑의 양가성
설사를 하고, 설사에 향기가 없을 때
나는 문득 우리가 헤어지고 만 것을 알았다네
편의점에 앉아 컵라면을 먹고 있을 때, 다시 유월이었고
허기가 컵라면의 본질이란 사실을 후루룩 마시며
사랑이 정욕이었다는 기억마저 식을 때
헐떡이는 개처럼, 물을 너무 많이 마신 돼지처럼
갑자기 사는 게 몽롱해졌다네
너무 많은 허무가 코끝으로 소용돌이치며 몰려들 때
나는 스무 살이었고, 너도 스무 살이었던 것
편의점 맞은편 담장 아래서
너의 음부에 꽂아 두고 오래 보고 싶었던 그 장미들은
다 가 버렸네, 믿었던 것, 믿고 싶었던 것, 믿어야 할 것
아주 약간의 희망은 하나도 없는 것과 같으니
온몸으로 장맛비를 붕대처럼 감고
자신의 붉은색에는 끝내 도달하지 못한 채
장미는 지고 있었네 빗줄기 속에서
너를, 너였던 것을, 너 아닌 것을 후루룩 마시고 있네
사람들은 우산을 쓴 채 멈추었다 가고, 멈추었다 가고
누가 이 절망의 스승인지
사랑은 가고, 사랑이라 여겼던 무지와 치욕마저 가고

나는 살아 있네, 살아서 이렇게 라면을 먹고 있네

—최금진, 「살아남은 자의 슬픔」 전문

장미를 씹고, 삼키고, 맛보는 꿈의 대척점엔 '일상'이 있다. 그 일상 속에서 우리는 '라면'을 먹는다. 비 오는 날, 편의점에서 혼자 '라면'을 먹는 사람은 슬프다. 돌아가야 할 이유도 없이 집에 가고, 살아가야 할 이유도 없이 살아가는 사람은 '라면'이 된다. 인스턴트식품처럼 편의점에 앉아 있는 그는 일상의 무수한 '잉여'에 불과하다. 그의 욕망, 그의 희망은 똑같은 포장지에 똑같은 색이다.

오래 짝사랑을 했었다. 김소월의 「진달래꽃」에서처럼, 그녀가 돌아가는 그 캄캄하고 어두운 길에 꽃잎을 떼어 은하수를 만들어 놓기도 했다. 사랑을 생각하는 한, 나는 언제든 스무 살이고, 스무 살엔 절대에 대한 좌절과 외경이 있을 뿐이었다. 아직도 다 버리지 못한 애도의 시간을 다시 일상까지 끌고 와 혼자 라면을 먹을 때, 사랑이 없는 무덤 같은 시간은 얼마나 치욕스러운가. 살아 있다는 것, 의미 없이, 그저, 살아 있다는 것.

같은 꿈을 반복해서 꾼다. 이십 년도 넘은 꿈이다. 꿈속에서 그녀는 여전히 나를 사랑하지 않는다. 이 결핍의 자리에 채워 넣을 그 무엇을 위해 나는 여태 시를 쓰고 있는 것일까.

내 시의 레시피엔 라면과 장미가 들어간다. 하나는 현실이고 하나는 꿈이다. 시를 쓰는 동안, 일상은 비로소 꿈틀꿈틀 넝쿨을 타고 오른다. 그리고 그 지루한 일상마저 지워 가는 비가 내리면, 장미꽃 이파리를 뚝뚝 따서 라면에 넣고 팔팔 끓인다. 모든 것이 정지해 있는 죽음의 시간을 천천히 건져 뜨거운 목으로 삼켜야 한다. 살아 있다, 나는 그렇게 살아서 시를 쓰고 있다.

나는 후루꾸다

10가구 중에 6가구는 저축을 한 푼도 하지 못하며, 아이 하나를 양육해서 대학까지 보내는 데 드는 비용은 2억이 넘는다. 도시 근로자 가구당 평균 월수입은 313만 원이며, 주택을 마련하는 시기는 평균 53세이다. 소득 상위 10%에 속하는 사람들이 지출하는 교육비는 하위 10%에 속하는 사람들의 8배이다. 대충 내가 기억하는 몇 가지 통계가 이렇다. 여기에 소득의 양극화, 교육의 양극화, 문화의 양극화 등등 각종 양극화의 꼬리표가 아무 데나 다 따라서 붙고 있는 것이 오늘날의 현실이다.

글을 써서는 가정경제에 어떤 도움도 되지 못한다는 '뻔한 진실'은 관두고서라도, 앞으로 내가 벌어들일 수 있는 수입과 저

축액과 연금에 대한 '불편한 진실' 앞에 서면 나는 기가 죽는다. 노후에 보트를 한 척 사서 낚시를 즐기고 싶은 가당찮은 희망은 뒤척이다 잠드는 이불 속에서나 가능한 것이다. 그러나 별로 아픔도 못 느낀다. 그런 것에 좌절하고 골골 앓아누울 만한 형편이 못 된다. 가령 의료보험 민영화라도 된다면 그나마 병원도 가지 못하게 될 날이 올 것이다. 부지런히 일을 해 놓지 않으면 안, 되, 는, 것, 이, 다.

궁극적으로 내가 현실에 불만이 많은 사람이며, 그것은 외부의 억압이나 결핍 때문이 아니라 스스로 느끼는 피해망상 같은 것일지도 모른다고 생각하자. 쉴 새 없이 주위를 의식하는 불안 증세가 그렇고, 지나치게 소심한 성격이 그렇고, 타고난 능력에 비해 바라는 것이 많은 과욕이 그것을 반증한다. 그러니까 모든 갈망과 절망은 나의 열등한 환경에서 기인한 것이다. 그렇게 생각하자. 누군가 내 밥그릇을 대신 챙기고 있고, 나보다 못한 그들이 권모술수를 잘 써서 성공하고 있다는 음모론을 믿는 것은 나만 고달픈 일이다. 그건 사회생활에서의 인간관계를 매우 어렵게 만드는 것이다. 세상이 매우 합리적인 시스템에 의해 합당하게 굴러가고 있다고 믿어야 한다. 그렇지 않으면 울화가 치밀어서 못 산다. 혁명당이라도 되어야 하는데, 이 나이에 산을 타고 숨어 다니며 굶기를 밥 먹듯 하다가 눈 덮인 산에서 죽어 갈 순 없다. 그러니까 나만 손해 보고 있고, 나만 불공

평한 대우를 받는다고 생각하는 것은 혼자 속으로만 간직할 일이다. 집에 돌아와 라면을 끓여 먹고 텔레비전을 보면서 창문을 열어 놓고 아무것도 보이지 않는 어둠을 바라보며 혼자 생각할 일이다. 절대 입 밖에 내서는 안 되는 일이다. 사람들 사이에선 잠정적인 규율이라는 것이 있다. 가령, 내가 몸이 아프다는 시늉을 하더라도 어디까지나 그들이 베푸는 친절은 그들이 베풀 수 있는, 혹은 견딜 수 있는 수준에서나 가능한 것이다. 그 이상을 요구하거나 원하게 되면 관계가 매우 요상해진다. 내가 아픈 건 나만의 문제이지 절대로, 절대로 그들과 공유할 수 있는 문제가 아니다. 그들은 좋은 가정에서 태어났으며 반듯한 표준어를 쓴다. 그들은 양복을 입으며, 고급 양주를 마시며, 희고 가늘고 긴 손가락으로 담배를 태운다. 중학교 때까지 호롱불을 켜고 공부했던 얘기는 그들에게 잠시 낯설고 재미있을진 몰라도 그들은 호롱불 아래서 깜빡깜빡 졸며 영어 단어를 외우던 나의 표정, 나의 생각 따위엔 관심이 없을 것이다. 할머니가 아픈 허리를 돌려 누우시며, 불 끄고 어서 자라고 재촉하는 말 속에 묻어나는 검은 그을음을 본 적이 없을 것이다. 이것을 소통의 부재라고 해야 하나. 계층 혹은 계급 간 단절이라고 불러야 하나. 자유와 평등의 민주주의 사회에서 벌어지는 당연한 차이라고 해야 하나.

할머니 성함은 박계수(朴桂樹, 1907년생). 할머니는 왜 저승사자도 탐내지 않을 여든셋 나이에 자살을 했을까. 어쩌다 나는 아버지 없는 집에 태어나, 어머니 없는 유년 시절을 보내고 서둘러 대책 없는 어른이 되었을까. 아버지 성함은 최재호(崔在虎, 1940년생). 내가 3살 때 돌아가셨으니까 서른셋에 요절하셨다. 삶이라는 게 선택이 주어진다면 누가 감히 슬픔을 무릅쓰고 치욕스런 부끄러움과 소외와 멸시를 선택하겠는가. 아버지의 사촌들은 모두 마흔이 되기 전에 죽었고, 할아버지는 알코올 중독자에 건달이어서 늙은 할머니를 쉴 새 없이 두들겨 팼다. 당연히 내 아버지도 마흔이 되기 전에 죽었고, 나는 아버지가 술을 먹고 뛰어든 그 강물 근처엔 지금도 차마 가지 못한다. 이것을 가난이라고 해야 할까. 운명이라고 해야 할까. 몰락한 가계를 궁상맞게 읊조리고 있는 나를 누가 두려워하겠는가. 그들은 한 번도 내 과거를 묻지 않았다. 아니, 나도 철이 들면서 그런 시시콜콜한 얘기를 하는 것이 얼마나 그들에게 부담을 주는 것인가를 알게 되었다. 그들은 한 번도 죽음을 생각해 본 적이 없는 자들이었다. 죽음의 그림자가 드리워진 나의 얼굴을 보여 주는 것만으로도 그들은 괴로워했다. 그리고 황망한 눈으로 어이, 그만하지, 하고 손을 저었다. 피차 웃는 얼굴로 이야기하고, 그들의 이야기를 들어주고, 함께 밥을 먹어 주고, 함께 운동을 하고 아무 일도 없는 것처럼 집으로 돌아오면 될 것을 뭣 하러 재미도 없는 과거사를 다시 이야기할 것인가. 그런데 왜 나는 그런 얘기들을 기억하고 있는지 모르겠다. 왜 다른 건 다 잘 잊고 살면서 도무지 잊히지 않는 것들이 있는지 모르겠다. 무허가 우리 집을 허물기 위해 시청 사람들이 드나들던 기억하며, 고모들과 어머니의 칼부림을, 어머니의 울음을, 왜 기억하고 있어야 하는지 모르겠다. 할머니는 절을 신봉하고 부처를 섬겼으나 말년엔 아무것도 믿지 않으셨다. 내가 예수에 미쳐 살던 학창 시절, 나는 할머니의 무신론이 악하게 생각되었으나 지금은 얼마든지 이해할 수 있다. 전능하신 신은 어느 누구 편도 아니다. 그저 방치하기만 한다. 그리고 그 방치된 환경에서 지독하게 잘 살아남는 행복한 그들이 있는 것이다. 신은 아무것도 돕지 못한다. 주말이면 로또 복권을 사고, 새해엔 소원을 빈다. 하지만 기적은 일어나지 않는다.

나도 그들이 웃는 것처럼 자신만만하게 웃는 연습을 한 적이 있다. 거울을 보고 하얀 치아를 내놓고 아무 의심도 없는, 아무 거리낌도 없는 커다란 웃음을 말이다. 그러나 왜 나는 웃을 때마다 불안한가. 왜 아무도 내 속을 들여다보는 이가 없는데 나는 웃을 때마다 긴장하고, 긴장할수록 내 웃음은 어딘가 일그러지고, 일그러진 웃음은 영락없이 잡종인 게 들통 나는 것일까.

내가 좋아했던 여자애는 피아노를 쳤다. 나도 피아노를 치고 싶었으나 그건 우울한 저음의 내가 부를 수 없는 다른 음역에 속한 악기였다. 적어도 내겐 그랬다. 그렇게 많은 건반을 두드려야 소리가 나온다면 그 많은 규칙과 그 많은 기술을 익혀야 다룰 수 있는 거라면, 피아노는 나와는 아무 관련이 없는 악기가 되는 것이다. 피아노를 배울 만한 시간, 피아노 학원을 다니라고 권해 줄 만한 보호자, 피아노씩이나 들여놓을 문화적 환경이 없는 사람에게 피아노는 아득히 먼 계단에 덩그러니 세워져 있는 사물에 불과하다. 내가 교회에 가서 밤마다 몰래 똥땅거리며 열등감을 갖고 피아노를 연습하고 있었을 때, 그 여자애는 클래식 기타를 배우고 있었다. 내가 다시 생일 선물로 무리하게 요구한 싸구려 기타를 배우고 있었을 때, 나는 대학을 떨어졌고, 여자애는 서울의 모 대학교에 철썩 붙어서 나와는 전혀 다른 길을 걸어갔다. 기타를 생각하면 나는 망연자실 어둠 속을 흘러 다니는 안개가 생각난다. 안개가 끼는 호수를 걸어가 그 애의 집 근처를 서성인 것이 몇 번이었던가. 중간고사 기말고사를 포기하고 밤마다 그 애의 방에 불이 꺼지는 것을 바라보던 것이 몇 번이었던가. 후루꾸, Fluke. 나는 후루꾸다. 내가 알고 있는 건 어딘가 어색하고, 어딘가 부족하다.

양극화가 극으로 치닫고 있는 세계적인 빈부 격차 현상은, 세계 곳곳의 기상이변 현상과 통하는 것이 있으며, 이 두 가지 사례는 최근 대두되고 있는 종말론으로 귀결되고 있는지도 모르겠다. 자본주의적 가치에 대한 신뢰가 무분별하게 자연환경을 파손했고, 혁명 혹은 종말이 아니면 정화되기 힘든 인간세계에 대한 환멸이 말세론을 부추기고 있는 것은 아닐까. 세상이 어려울 때마다 위대한 영웅들이 나타나 바른 길로 이끌어 주던 시대는 가고 없다. 영웅은 죽었고, 우리는 밤하늘 별을 보면서 어떤 별자리도 그려 내지 못한다. 혼돈과 무질서 속에서 신음하는 사람들은 있지만 그들의 얼굴은 보이지 않는다. 그 얼굴들은 생활에 쫓겨 일터로, 가정으로, 서둘러 달려가고 있기 때문이다. 물질과 인간의 가치에 대한 인식의 전환이 절실히 요구되고는 있지만, 성장과 분배를 놓고 무엇이 우선인지를 고민하는 것은 달걀이 먼저인지 닭이 먼저인지를 고민하는 것과 같다. 자본주의적 가치에서는 이윤 추구만이 우선시 될 뿐이기 때문에 평등이나 자유와 같은 이상적인 가치는 무시되어진다. 그러므로 분배는 형식에 그친다. 유태인들의 율법에는 '희년'이 있어서 땅의 소유는 50년이 지나면 원래의 주인에게로 돌려주어야 한다. 하지만 한 평의 땅도 가지지 못하고 평생 남의 땅만 딛고 다니는 사람들에게 국가의 영토가 무슨 의미가 있을까. 종말 혹은 혁명을 생각해 본다. 약한 자를 구원해 주러 인간 세상에 오신다는 미륵불이나 예수의 재림을 기다려 본다. 자살이 아니면 해탈이다, 해탈이 아니면 혁명이다, 나는 그렇게 중얼거려 본다.

오늘은 토요일. 로또 복권 추첨일이다. 설레고 흥분된다. 솔직히 1등만 되면 난 글을 안 쓸 것이다. 건물 하나 사서 월세나 받아먹으며 살 것이다. 보트나 한 척 사서 낚시나 다니며 살 것이다. 욕하지 마시라. 그깟 돈도 안 되는 시 나부랭이에 목숨 걸고 지금까지 왔는데 나는 벌어 놓은 게 없다. 가난이 뭐 자랑인가? 부모가 겪은 가난한 경험들을 우려먹고 아직 젊은 놈이 너저분하게 신세 한탄이나 늘어놓는 것이 잘하는 짓인가? 이런 글 쓰고 싶지 않다. 럭셔리하게 나도 높은 자리에 서서 아는 소리 해 가며 점잔 떨고 싶다. 지금이 어떤 시대인데 아무도 거들떠보지 않는 가난에 대해 쓰라니. 참 어이없다. 가난이 뭔 자랑인가? 가난한 시인, 이런 허접한 꼬리표 정말 사양한다. 가난이 뭔 벼슬인가, 가난이 뭔 상품인가? 새해가 밝은 지도 한참 지났는데 고작 이런 얘기를 쓰고 있는 것조차 한심하다. 나같이 푼돈이라도 감지덕지 얻어 쓰려는 자에게 뭔 청렴결백에 옥구슬 굴러가는 소리가 나겠는가. 빈핍한 삶조차도 후루꾸인 나에게 뭐 나올 게 있겠는가.

꿈과 현실에서 자라는 나무

내 귀에 도청 장치가 있다, 고 아홉시 뉴스데스크로 뛰어나와 외치던 사람이 전국에 생방송을 탄 적이 있었다. 춤을 추는 사람이 춤을 추는 동안에는 자신을 인식할 수 없듯이, 환각과 망상 속에 사로잡힌 자신을 그는 통제할 수 없었을 것이다. 그가 일그러진 돋보기로 들여다본 사실은 순식간에 확신으로 바뀌었을 테고, 확신은 걷잡을 수 없는 진실로 치닫고 있었을 것이다.

누구나 한 번쯤 망상 속에 한 발 딛고 서성였던 적이 있었으리라. 망상은 어디서 오는가. 그것은 타인과의 부조화와 대립의 틈에서 유령처럼 빠져나와 이쪽으로 건너오라고 손짓을 한다. 그리고 상처를 견딜 수 없는 약한 자들은 아주 쉽게 그 길의 어둡고 좁은 낭하를 걸어갈 수 있다. 절망에 사로잡힌 자들의 몸과 정신은 축축 늘어진다. 그 피곤하고 느직느직한 몸으로 환각 속에 들어가 누운 채 밖을 바라보면, 누군가 떠나고 있고, 뒷거래를 하고 있고, 험담을 하고 있고, 모종의 음모를 계획하고 있는 것이 보인다. 사실이 '진실'인 것이 두려워지는 망상의 순간에 환각은 정신을 숙주로 삼는다.

네 아버지가 돌아가시고도 석 달 동안은 계속 날 찾아왔었다, 는 어머니의 말씀은 아프다. 아무리 떠나보내려 해도 한번 근이 박힌 어두운 그림자는 이미 나 자신의 일부가 되어 버린다. 나 또한 아직도 첫사랑 소녀 애를 한 달에 한두 번 꿈에 본다. 아무리 오랜 시간 애도를 해도 잊을 수 없는 것들은 의식의 저 아래에서 여전히 캄캄한 잠에 눌려 있다가 내가 잠들면 깨어나는 것이다.

주머니칼을 들고 나무에 올라 애인의 이름을 새겼다
분노하는 아버지의 목소리가 몸에 털이 되어 돋았다
구름이 벗은 몸으로 창가에 와서 떠나지 않고
백 년을 살았다, 죽을 것 같았다
나무가 세포분열하여 나에게 어린 애인을 낳아 주었지만
아버지는 사생아를 부끄러워했다
재가 걔야? 맞아, 재가 그 애야,
오랜 시간이 지나고 더 이상 꺼내어 먹을 추억이 없을 때

제겐 아주 오래 씹어 먹을 수 있는 죄책감이 있어요, 나는
길게 자라는 손가락을 잘근잘근 깨물며 울었다
아버지가 나 대신 나무에 성기를 예쁘게 달아 주었다
나무가 삐딱한 자세로 나를 내려다보았다
복날에 검둥개가 매달렸고, 돌에 맞아 죽은 뱀이 걸렸고
그만 자신을 위해 자비를 베풀라고
밤마다 나무가 등 다독였지만
나는 나무가 사람의 말로 이야기하는 것이 무서웠다
애인이 먹구름 속에서 소용돌이치며 깔깔 웃어 댔다
아버지, 원수도 사랑하라면서요,
행인들은 귀를 틀어막고 빠른 걸음으로 귀가했다
마을 사람들은 나무를 베어 재앙을 없애야 한다고 했다
애인의 그림자가 내 몸을 뚫고 나와 큰길로 걸어갔다
주머니칼로 새겨진 애인의 형상이 차츰 나무에서 내려와
어느 날은 우리 집 안방에 앉아 아버지 노릇을 했다
미친놈, 미친놈, 나무가 나를 계몽하는 소릴 들었지만
그건 언제나 내 목소리와 똑같아서 믿을 수가 없었다
재가 개야? 어머나, 어쩐지, 어쩐지……
그렇게 세상이 잔뜩 기울어져 갔다

—최금진, 「편견에 빠진 나무의 성장 과정」 전문

오지도 않은 전화를 들고 다니며, 왜 자꾸 내 전화를 끊는 거냐고, 아무것도 모르는 불쌍한 할머니와 나는 수없이 싸웠었다. 그러나 돌이켜 보건대, 망상과 환각의 날들은 아름다웠다. 사랑하는 사람과 함께 살았던 그 나무는 이제 늙고 병들어서 어떤 새들도 거두지 못한다. 하지만 사람은 영원히 꿈을 꾼다. 사실이 '사실'인 것을 모르고 살 수 있다면 그것도 나쁘지 않다. 비뚤어지고 일그러져 보이는 돋보기안경으로 그 꿈을 읽을 때, 거기에 '당신을 사랑한다'는 말이 적혀 있으면 좋겠다. 꿈과 현실을 구분하지 않아도 좋다. 꿈을 현실로부터 굳이 분리해 내려 애쓰지 않아도 좋다. 나 또한 일생 소풍을 나온 듯 행복한 꿈길을 걷다가 가고 싶다. "나는 나무가 사람의 말로 이야기하는 것이 무서웠다."

대인기피증

너를 통해 숨는 법을 배웠다. 잘 숨는 법은 모른다. 그저 무작정 숨는다. 어른이 된 지금도 나는 너에게서 배운 대로 어디든 숨는다.

자전거를 타고 네 앞을 지나가던 토요일 오후, 너는 교회에 간다. 나는 휘파람을 불며 미루나무 길을 달려 네게로 갔다. 세계의 심장 소리를 한꺼번에 다 들으며, 닫힌 세계를 자전거의 두 바퀴로 가르며, 토요일 오후의 네게로 나아갔다. 껑충한 바지와 누런 소가죽 같은 잠바를 입은 촌스러운 소년이 줄장미가 잔뜩 열린 교회당 앞에서 자전거를 대 놓고 앉아 너를 기다렸다. 부끄럽다는 느낌은 너무 익숙한 것이었다. 나는 늘 부끄러웠다. 아버지 없는 가족사가 부끄러웠고, 할머니가 싸 주시던 쉰 냄새나는 도시락이 부끄러워서 밥을 남겨 집에 가져왔다. 할머니의 작은 구멍가게에서 먼지가 쌓인 과자들과 술병들이 부끄러웠다. 아버지 없는 애 손들어 보라고 하던 담임이 싫었다. 철봉에 매달리면 거꾸로 보이는 세상에서 오래 내려오고 싶지 않았던 사춘기 시절, 쉽게 자라는 더벅머리와 때가 낀 손등이 쩍쩍 갈라지는 게 이상했다. 물을 묻혀도 그 더러운 손을 감출 수가 없어서 잠바 주머니에 손을 깊게 찌르고 다녔다. 구멍 난 주머니 속에 들어 있는 편지를 잃어버리지 않기 위해 손으로 움켜쥐었다. 세상에서 가장 초라한 모습으로 네게 가고 있었다.

너는 아름다웠다. 아름다워서 슬펐다. 내 것이 될 수 없다는 것을 알았기 때문에 괴로웠다. 아무리 네가 앉던 버스 의자에 앉아 보아도, 네가 보던 책을 몇 번을 다시 읽어 보아도 나는 부끄러웠다. 네가 치는 피아노의 깨끗한 건반처럼은 살지 못하는 내가 싫었다. 공부를 너무 잘하는 너, 어머니가 너무 아름다운 너, 얼굴이 예쁜 너, 언니들이 모두 노래를 잘하던 너, 나는 네게서 끝없이 멀리 떨어진 거리만 확인할 뿐이었다.

염치가 없다는 말이 있다. 잘못을 모르고 부끄러움이 없다는 말이다. 내게는 해당되지 않는 말이다. 나는 염치가 너무 많았다. 대학을 들어가고 시를 쓰면서 이 수치심은 병적으로 발전하였다. 버스를 타고 집으로 오는 길에 나는 사람들이 나를 쳐다보는 것만 같아 얼굴이 벌게지고 숨이 막혀서 달리는 차에서 뛰어내리고 싶은 충동이 생겼다. 여자애들 앞에서도 얼굴을 들 수가 없었다. 손이 바들바들 떨리고 숨을 헐떡이는 불쌍한 짐승 같았다. 사람들이 나를 이상한 사람이라고 손가락질하는 게 다 느껴졌다. 대학 4년을 숨어서 다녔다. 골목과 골목의 외진 그늘 속으로, 목련나무 아래로, 은행잎이 떨어진 새벽에, 밤에, 안개 속을 떠돌며 하찮은 내 삶을 관람했다. 시를 쓰는 것만이 유일한 대화였다. 그렇게 청춘은 지고 있었지만, 나는 어서 더 늙기를 원했다. 모든 욕망이 사라진 상태를 꿈꾸었다. 더는 부끄러움도 없는, 존재 자체가 안개 속으로 조용히 침잠하는 시간을 간절히 원했다.

부끄러움은 다소 사라졌다. 나이 마흔두 살쯤이었다. 우울증 약 같은 것을 먹었다. 쉽게 증상이 호전되진 않았다. 그러나 위약 효과인지는 몰라도, 나는 비로소 두려움과 부끄러움에서 아주 조금 벗어난 느낌이다. 그리고 내년엔 시집을 세 권째

내게 된다. 그토록 간절히 원하던 노후가 조금
은 바싹 다가온 느낌이다. 여전히 한 달에 한 번
은 반드시 꿈에 나타나는 너를 나는 사랑한다. 심
야 버스를 타고 집으로 돌아가는 길이면 어디선가
네가 나를 생각하며 하염없이 창밖을 바라보고 있었
으면 좋겠다는 생각을 한다. 부끄러움으로 너 하나를
바꾸었으니, 이제 너는 내게 갚지 못한 그 시간 동안 너
자신을 마주하며 나를 기억해야 한다. 세상이여, 내가 그
토록 두려워하던 세상이여, 이제 다 돌려보낸다. 내가 감추
어 두었던 종이배와 연애편지와 시들과 어머니의 사진과 할
아버지의 술주정을 다시 네게로 돌려보낸다. 이제 당신들이 나
를 읽을 차례다.

커피 생각

작은 옥탑방에 혼자 앉아 밤을 새는 날이 많다. 책은 한 줄도 읽기 싫고, 음악도 듣기 싫고, 그냥 멍하게 창밖을 내다보고 싶은 날이 있다. 어둠 속에 나무 한 그루의 생각을 읽을 수 있을 것 같은 날이 있다. 산등성이로 달이 희미하게 걸려 있고, 그 작은 쪽배를 타고 아주 멀리 여행을 떠나고 싶은 밤이 있다. 그럴 땐 술을 마시지 않더라도 술에 취한 기분을 맛보고 싶다. 나는 때로 이렇게 취한 기분으로 일생을 살다가 가고 싶다. 춤추는 것처럼, 노래하는 것처럼, 어떤 하나의 목표와 열정에 혹은 하나의 무표정한 얼굴로 시간이 영속되기를 바란다. 그런 마음으로 커피를 마신다. 커피의 향 때문이 아니라, 설탕의 단맛에 길들여져 있기 때문인지도 모른다. 또는 습관적으로 손을 들어 까딱까딱 컵을 기울이는 그 무의미한 반복을 내가 좋아하는 건지도 모른다. 커피 냄새는 먼지 냄새와 비슷하다. 모든 것이 고요 속에 가라앉았을 때 부스스 떠다니는 희미한 유령의 노래 같은 것. 설탕의 단맛은 커피 냄새와 더불어 어둠을 위로한다. 어둠 속에 멍하게 두꺼비처럼 앉아 있는 그 순간을 위로한다. 인간은 무엇인가. 이렇게 어둠에 버려진 존재이다. 자기 자신을 온전히 만나기 위해선 약간의 고독과 침묵이 필요하다. 청승맞음과 낭만적인 감상이 필요하다. 게으름과 지루함이 주는 답답함을 견뎌야 하는 수고가 필요하다. 그 틈을 채워 주는 것이 커피다.

초등학교 4학년 때 처음 커피를 먹어 보았다. 어머니가 사 오신 커피의 향이 신기했다. 쓰디쓴 커피 맛과는 다른 탄 냄새가 너무 좋았다. 흰 편지 봉투에 가득 커피 가루를 따라서 어머니 몰래 등굣길에 가져갔다. 가져가면서 조금씩 먹을 생각이었다. 그 쓰디쓴 아침의 등굣길을 기억한다. 얼어붙은 논두렁을 타 넘으며, 얼어붙은 손으로 한 알 한 알 커피 가루를 손가락으로 집어먹던 그 겨울을 기억한다. 주머니에 든 성냥을 꺼내어 논두렁 잡풀에 불을 놓으며 느리게 느리게 학교에 도착했을 때, 너무 늦게 목적지에 도착한 그 이상한 절망과 낯선 감정을 앞으로 평생 간직하고 살아야 한다는 것을 모르는 한 소년의 커피 가루를 기억한다. 커피를 마시면 아프리카 사람처럼 몸이 까맣게 변할 것만 같은 불안과 설렘을 기억한다. 이방인이 되는 느낌, 먼 이국의 아득함이 잔잔히 밀려오는 느낌. 청소년기와 대학 시절을 커피 없이 이야기할 순 없다. 날을 새서 글을 쓰고 난 후의 성취감을 맛보기도 전에 찾아오던 부족한 글에 대한 절망감, 그 희로애락의 시간을 위로해 준 것은 커피였다. 커피를 마실 때마다 그 옛날, 얼음이 발밑에서 푸석푸석 꺼지는 소리를 내던 그 길들과 바람 속에서 휘어져 들어오던 햇살을 기억한다.

짐 자무쉬 감독의 「커피와 담배」라는 영화를 좋아한다. 등장인물들은 지독히 일상적이다. 그 지독한 반복과 무의미 속에서 거의 격정적으로 커피를 마시고 담배를 태운다. 나는 그것이 고통의 한 종류라고 생각한다. 단순한 소일거리로서의 행위 속에, 지긋지긋한 일상의 무서운 반복이 있고, 그 반복을 후벼 파는 행위로서의 담배 피우기와 커피 마시기가 등장하는 것이다. 그런데 묘하게 그 영화를 오래 보다 보면, 저절로 커피를 마시고 싶어진다. 담배도 피우고 싶어진다. 가려운 데를 마구마구 긁고 싶어지는 충동이 생긴다. 우리 일상의 가려움을 긁어 주는 커피, 나는 지금 커피를 마시며 이 글을 쓰고 있다. 글 중간 중간에 화음처럼 코러스처럼 커피를 마신다.

커피가 악마의 음료라는 꼬리표를 붙인 사람의 의견을 찬성한다. 아니, 악마의 음료가 아니라 귀신들의 음료가 맞을지도 모른다. 나른하고 졸립고 몽롱한 담배 연기 속에서 형체도 없이 사라지는 연기 속에서, 어둠 속에서, 커피를 마시는 사람은 유령과 다를 게 없다. 캄캄한 밤이 사방에서 몰려오고, 창밖은 눈보라가 몰려오고, 달은 보이지 않고, 어떤 소리도 들리지 않는 침묵 속에서 후루룩 커피를 마신다. 내가 나를 느낀다. 나는 살아 있는가, 나는 누구인가. 나는 커피를 마신다.

나무에 새긴 이름

벌거숭이 임금님을 생각하다

동화 「벌거숭이 임금님」에 등장하는 인물들은 재미있다. 벌거숭이 임금님은 세련된 스타일리스트이며 탐미주의자이다. 그는 더 멋진 옷과 아름다움에 심취해 마침내 자신의 몸에 아무것도 걸치지 않는 극단의 전위에까지 이르게 된다. 물론 임금님의 주변엔 그를 부추기는 사기꾼 재단사들이 있었다. 재단사들은 인간이 얼마나 허영에 잘 빠질 수 있는지를 알고 있다. 보이지 않는 것에 가치를 매겨 그것을 상품으로 만들어 내는 뛰어난 재능도 있었다. 그들의 전략은 우선 '미의 보편성과 권위에 일탈을 가하는 것'이었다. 아름다움의 영역을 확대시켜 아무것도 입지 않은 임금님의 알몸까지도 거리에 전시하였다. 이들의 두 번째 전략은 '의미 부여'였다. 여기에는 재단사들의 사기꾼 기질이 농후하게 잘 드러나 있다. 홀딱 벗은 나체의 임금님을 보면서 태연하게 웃음을 참고 끝까지 자신들의 이익을 도모한다.

이들에 의해 농락당하는 것은 대중이다. 거리에 전시된 임금님의 몸은 예술의 가치를 덧입고 군중에게 또 다른 권위가 되어 등장한다. 학자, 비평가들에 의해 추앙된 몸(작품)은, 베이컨이 말한 '극장의 우상'이 되어 권위적 몸(작품)이 된다. 이렇게 재단사들은 권위의 우상을 생산하는데, 여기에는 그들의 경제적·사회적 욕망이 작용한다. 벌거숭이 임금님은 이런 과정을 통해 만들어진다.

이를 바라보는 대중의 반응은 무심하다. 먹고살기 급급한 그들의 삶과는 너무도 동떨어진 쇼는 관심 밖이었을 것이다. 어쩌면 한몫 두둑이 챙긴 재단사들과 나체쇼를 해도 모든 것이 다 통용되는 임금이 부러웠을지도 모른다. 대중은 임금의 아방가르드적 파격 행동에 아무런 평을 가하지 못한다. 거기엔 지식과 정치의 권위가 작용하기 때문이다. 생활의 고단함과 단속의 권위에 지배받는 대중의 무심함을 틈타 만들어진 아름다움이 활개를 친다. 재단사들은 임금을 우상으로 내세웠고 이들의 전략과 전술에 의해 만들어진 미의 가치는 거리를 지배한다. 이렇게 발명된 미는 모두의 비판을 금지시키며 거리를 활보한다. 이런 식의 패션이 아니면 시대에 뒤처진 것이며 낡은 것이며 나아가 이것을 의심하는 자는 누구든 처벌받을 수 있다는 압력을 행사

하며 대중에게 열등감과 소외 의식을 부추긴다.

이들이 발명한 미적 가치는 이론상으로는 대중의 심금을 울려 새로운 가치 질서를 재편하고 사회를 변화시키는 쪽으로 가게 될 것이다. 그러나 이론상으로 가능하지만 현실의 대중은 이들의 쇼가 대체 무슨 상관이냐는 듯이 바라본다. 일부 박수를 치고 감탄을 하는 사람도 있겠고, 임금과 재단사들은 그걸 흐뭇하게 바라보며 감각의 분배와 확장을 통해 대중의 삶과 가치가 바뀌고 있다고 흥분한다. 시작은 미약했으나 끝은 창대하리라, 미적인 것이 윤리적인 것이다, 임금과 재단사들이 맞장구를 치며 떠들어 댄다. 재단사들의 감언이설에 용기를 얻은 임금은 품었던 약간의 불신까지 떨쳐 버리고 당당하게 행진한다. 늘어진 뱃살과 성기를 흔들며 손을 들어 군중의 박수에 답한다. 이때 한 아이가 깔깔거리며 손가락질을 한다.

"임금님은 벌거벗었다."

동화 「벌거숭이 임금님」의 반전이다. 랭보가 말한 견자의 시선이다. 겉으로 드러난 현상의 숨겨진 이면을 바라보는 눈이다. 있는 그대로를 보는 '바로 보기'의 목소리이다. 아이의 시선에도 지배와 간섭과 통치의 이데올로기가 들어 있을지 모른다. 그래서 반성과 성찰이 필요한 것이다. 작가(임금)에게도 비평가(재단사)에게도 독자(군중)에게도 바로 보기의 시선이 요구되는 것이다. 누구에게나 다 요구되는 이런 능력은, 이 동화에서는, 지식과 정치 권위에 의해 규율화된 자들에게 더욱 필요한 듯하다.

다소 뜬금없는 이야기이나 우리 사회에 도덕적 천재가 필요하다. 사치와 허영의 극단에서 나체쇼나 만들어 내는 임금은 필요 없다. 권위에 빌붙어 아부하고 기생하는 재단사들의 입담도 가라. 자신과 세계에 대한 깊이 있는 성찰에서 비롯된 바로 보기의 시선을 가진 사람이 필요하다. 쇼 앞에 놓인 현실과 사람들에 대한 애정과 관심이 필요하다. 우리가 익히 아는 그대로의 삶의 문제에 직면한 이들에 대한 관심과 윤리가 필요하다. 미적 실험만이 윤리를 낳는 것이 아니라, 윤리도 미를 낳는다. 적어도 이 동화를 들여다보면 그렇다는 말이다.

단상들

시간이 직선적으로 흘러간다는 사실을 체감하는 건 매우 불행한 일이다. 진화와 퇴화를 거듭하면서 마침내 진퇴양난의 골짜기에 이르고 말았다는 자괴감을 어떻게 치유할 수 있단 말인가. 이제 나는 날아오르는 방법을 연구 중이다.

내 땀과 눈물과 정액과 타액과 오줌과 피에 섞여 나온 물방울들은 지금쯤 어디서 환한 벚나무 한 그루 피워 내고 있을까. 어머니를 '물로 빚어진 사람'이라고 썼던 한 시인의 말처럼 돌아가신 할머니도 어디선가 저렇게 환하게 피어 나를 바라보고 있다는 생각을 하면, 손이라도 내밀어 이 봄날에 지는 것들을 다 받아 주고 싶은 것인데, 그렇다면 세상을 바라보는 이 가엾고 쓸쓸한 마음은 어느 누구의 눈물과 피가 뭉쳐져서 생겨난 건지, 나도 잠시 우리 할머니 얼굴이 되어 창가에 꽃처럼 피어 있는 나를 근심하며 바라보고 있는 것이다.

"인간은 양 극단의 무지에 서 있다"고 말한 파스칼의 말은 옳다. 우주 앞에서 무지하며, 또한 죽음 앞에서도 무지할 것이다. 인간은 그 양극단 어딘가에 천국을 세우고 자신을 닮은 물고기들을 풀어 놓는다. 당연히 물고기들에게 표정은 없다. 최후의 희망은 망각일 수밖에 없기 때문이다. 단절된 세계를 잇는 것은 인간의 상상력이며, 그 상상은 어쩌면 불행하다. 더 이상의 고통이 없기를 바라는 간절함의 이면은 온통 검은색이다. 그리고 '아무것도 아닌 것'이 되기 위해 인간은 그 암흑의 바다를 헤엄친다.

어떤 간절한 혼령들은 가족을 연민하는 마음이 지극하여 이승을 맴돈다 할지라도, 우리 할아버지께서 식구들을 위해 뭔가 좋은 일을 하실 거라고는 생각하지 않았다. 다만 요즘 같은 때 누군가 나를 위해 간곡히 기도해 줄 사람이라도 있다면 얼마나 좋을까를 생각했었다. 그러나 내 나이 마흔, 돌아가신 조부모와 부친께서도 꼭 내 맘 같지 않았을까 하는 생각이 슬며시 드는 건 왜일까.

구질구질한 시를 안 쓰려고 애쓰고 다짐해도 소용없다. 이것이 바닥이라고 생각할 때 다시 한 번 더 바닥을 치게 되는 것처럼, 절망은 늘 희망을 배신하며 태어나고, 시 역시 그 희망을 한 번 더 배신하며 태어나기 때문이다.

덧없는 세월입니다. 또 한 해가 가고 있고요. 간밤에 꾼 꿈을 억지로 생각하려고 아침 이불 속에서 뒤척이는 것은 그래도 희망을 솎아 내기 위한 것입니다. 살다 보면 좋은 날이 올 거라는 믿음을 처음 심어 준 사람은 지나친 비관주의자가 틀림없습니다. 하지만 그의 말이 옳다고 믿습니다. 그렇게 생각하는 것이 또 하루를 살아가기엔 편리합니다. 이제 일어났습니다. 너무 늦은 아침입니다.

첫 시집을 준비하기 위해 원고를 정리하다가 참 많은 생각을 했다. 스무 살 이후의 삶이 고스란히 거기에 다 들어 있었다. 그렇게 살아왔으니 불행이라고 해야 할지, 대단하다고 해야 할지 나는 한참을 생각했다. 시란 무엇인가에 대한 질문은 결국 내 삶에 대한 궁극적 질문과 맞닿아 있었던 것이다. 피할 수 없는 어떤 질문 앞에 당황해하면서, 나는 시를 쓰면서 잃어버린 아픈 것들을 하나하나 떠올려보았다. 종이 위의 글자들은 마치 살아 있는 생명체처럼 꿈틀거리고 있었다. 내 몸속으로 기어들어 오고 있었다. 나는 내 스스로에게 어떤 해답도 줄 수 없었다. 희망이든 절망이든 내가 선택해야 할 어떤 순간이 오면 나는 또 이 길을 선택하게 될 것이다. 끝이 보이지 않으면서도 그것에 모든 것을 걸 수밖에 없는 까닭은, 이미 너무 많은 것을 버리고 너무 많이 걸어왔기 때문이다. 나는 흰 종이 뭉치들을 조용히 덮었다. 그리고 나는 내가 자꾸 무서워졌다.

시를 쓰는 것이 제 살을 깎아서 올리는 공양밥이라는 걸 알겠다. 그러나 정작 내가 시에게 올린 공양은 무엇을 위한 것이었는지 모르겠다.

너는 부디 바로 보라, 나는 기어이 거꾸로 보마.

아침마다 저녁마다 안개가 낀다. 안개를 마주 보고 있으면 '아무것도 없는 것'의 실체를 느낄 수 있다. 안개는 조용히 눈앞을 지나다니고 익숙한 사물들을, 관념들을, 이미지들을 덮어버린다. 안개는 움직이는 백지다. 나는 뭔가를 쓰려고 하지만 한마디도 적을 수가 없다. 안개가 내미는 종이는 허공에 가깝다. 또한 안개는 두루마리 화장지다. 축축하게 젖은 나를 사물에서 관념에서 자꾸 닦아 낸다. 나는 자꾸 닦여져 마침내 맹목에 가까워질 뿐이다. 나는 안개를 마주 보고 있지만 안개의 내

부나 바깥으로 통하는 문을 알지 못한다.

안개 속에서 나는 온전히 혼자다. 그리고 그 안개 속에 적이 있다. 적은 안개를 몰고 와서 나를 지운다, 내 시를 지운다. 먹고사는 생계의 문제, 반복되는 자기 복제, 무기력과 게으름, 사람과 사람과의 복잡한 일들. 이 모든 타락한 입속에서 피어오르는 안개가 나를 삼킨다. 나이가 한두 살 더 늘어 갈수록 어딘가는 자꾸 지워지고 뭉개진다. 어떨 때는 내 이름조차도 안 떠오른다. 안개 때문이다. 내 방에, 내 눈에, 아침마다 저녁마다 안개가 낀다.

내 시론의 근거는 '바로 보기'에 있다고 말하겠다. 사물의 생리와 한도를 분명하게 알아야 한다고 했던 시인 김수영 식의 "동무여 나는 바로 보마"와는 조금 다른 위치에서, 나는 철저한 관찰자로서의 바로 보기를 말하고 싶다. 바슐라르의 몽상이나 랭보의 견자(見者)적 태도 역시 관찰자적 바로 보기의 한 양상으로 이해할 수 있다.

관찰을 위해선 다소 오랜 시간을 시에 할애해야 한다. 아무것도 하지 않고 오래 창밖을 바라볼 수 있는 시간은 점점 사라지고 있다. 자신이 몸담은 사회의 교집합들이 많으면 많을수록, 개성은 희미해지고, 의식은 날로 꺼져 가는 등불이 된다. 고작 남들이 하는 말을 따라 하고, 눈치를 봐야 하며, 알고도 모른 척해야 하는 삶에선 고독을 위한 시간을 보장받을 수 없다.

밖으로 뻗어 나간 나의 시선과 초점을 바로 눈앞 1m 거리에 두고, 공허한 눈동자가 마침내 몸 밖의 모든 풍경을 몸속으로 거두어들일 때, 세계와 사물은 드디어 온전히 내 것이 된다. 풍경의 소비자가 아니라 풍경의 생산자가 된다. 이 순간을 위해 다소간의 잡념과 온갖 소음들과 내면의 복잡한 울렁거림을 즐겨야 한다. 그 모든 것의 소리를 조금씩 들어주고, 함께 불평해주고, 함께 찬탄을 나눌 수 있어야 한다.

관찰자적 '바로 보기'란 내가 주체가 되는 것만을 의미하는 것이 아니다. 세계와 사물과의 상호 교섭과 침투를 인정하고, 그 모든 것과 함께 희로애락을 나누는 것이 전제이다. 그리고 난 후, 오래 잊히지 않는 것, 강렬한 것, 혹은 강렬하진 않지만 무지근하게 저려 오는 것, 그것을 나는 쓴다. 그리고 이 모든 것을 기다릴 시간과 고독이 필요하다. 시선의 거리두기를 통한 막무가내의 막막한 관찰이 필요하다.

언제나 바로 보기 위한 무모한 도전이 시를 기다리고 있다. 그리고 나는 공허한 눈을 뜨고 그 세계에 몸을 들이민다. 완성된 것이 아니라 여전한 가능성의 잠재태로서 시는 존재한다. 관찰자적 바로 보기의 자세가 필요한 이유는 이 때문이다. 바로 보는 것이야말로 비유나 수사, 인식과 발견을 모두 포괄하는 총체적 시학이다, 터무니없이 잔인한 일이지만…….

유령의 앙갚음, 시의 앙갚음

시를 사랑하면 할수록, 시는 그 사랑하는 자에게 앙갚음을 한다. 시는 절대로 자비롭지 않으며 시는 공평하며, 그 공평은 악하다. 보이지 않는 유령을 사랑하는 자에게 돌아오는 것은 유령의 해악이다. 소유할 수 없는 것을 사랑하는 죄가 있다. 기꺼이 그 저주에 발을 내딛은 순간을 나는 그리워하며 또한 저주한다.

나는 유령학교에 근무한다
이 동네에선 유령된 지 10년이 지나면 자동으로 제도권 유령이 된다
나는 신참 유령들에게 수업을 한다
(이 일 때문에 도무지 잠적이란 불가능하다)

우선 머리에 발을 올리고 발을 땅에 대지 않고 걷는 연습
말해 봤자 아무도 듣지 않고 설 자리 누울 자리 없고
눈밭에 제 발자국이 남지 않아도 놀라지 않도록
공중에 떠서 잠드는 법을 연구한다
관 속에서의 우울증 극복법이라든지
지하 시체 보관실에서 더운 공기 내뿜지 않는 법
사막에게 잡혀가도 미라가 되지 않는 법이라든지 하는 것은
나도 모르지만 그냥 목청 터지는 대로 한다
시간공장 제조 망원경이나 현미경 착용법 유체 이탈법
잊혀진 영혼이 되거나 메아리가 되지 않아도 서러워하지 않는 법
불을 확 질러 버렸으면 하고 생각만 하는 법
폭죽이 밤하늘에 떠 있는 그 순간만큼은 환하게 당신에게 창궐하는 법
은 교과서를 참고하세요 그렇지만 교과서는 짓지 않는다
노래 속에 숨어들어 가 흐느끼는 법
흐느낌 속에 숨어들어 가 숨을 막는 법
흐르는 사람들과 함께 흐르다가 나무처럼 하늘로 속속 박차 오르는 법
금관에서 소리가 퍼져 나가는 모습의 항법에 있어서
내 몸의 테두리를 지우는 법
그리하여 나날이 엷어지는 법

은 전해 내려오는 마술 속에 다 있어요

그러면서 덧붙여 말한다

앙갚음하는 유령은 하급

눈비 내리는 밤에만 출몰하는 유령은 중급

썩어서 파리만 피워 올리는 유령은 상급

구름처럼 물음처럼 기체처럼 유령은 상상급

그리고 아무도 모르는 상상상급, 등등 기타

자 그럼 파리 떼가 죽은 몸뚱어리에서 왼쪽 날개 먼저 꺼내듯

춘설처럼 창궐하는 유령 연습 한번 해 볼까요?

그러면서 숙제 안 해 오는 유령들에게 일침을 가한다

유령학교 졸업하고 제도권 유령밖에 될 수 없다니, 쳇!

—김혜순, 「유령학교」 전문

학생이든 선생이든 "유령학교에 근무"하면서 "유령된 지 10년이 지나면 자동으로 제도권 유령이 된다". 학교도 세상의 모든 제도권처럼 정해진 출근 시간이 있고, 단체로 유니폼을 맞춰 입으며, 담장이 있고, CCTV가 있고, 두발 제한과 복장 제한이 있다. 그리고 미셸 푸코의 주장처럼 이 통제 시스템은 사회의 곳곳에서 실현된다. 이를테면, 교도소, 감옥, 공장, 가축 사육장 등등. 이 모든 합리적인 울타리는 순전히 집단의 효율적인 우량인자 양성을 위해 존재한다. 그러나 누군가 마련해 놓은 표

준과 규격에 적합한 이들은 한정되어 있고, 그 나머지는 관심의 대상이 아니다. 때문에 그가 선생이든 학생이든 집단의 지배 질서 하에서는 "잊혀진 영혼이 되거나 메아리가 되지 않아도 서러워하지 않는 법"을 터득해야 한다.

저항의 무모한 욕망보다는 보다 현실적 욕망에 편입될 수밖에 없는, 그러나 결코 존엄한 '인간'임을 잊어서는 안 되는 모순적 존재들은 결국 '유령'이 된다. 그들은 "내 몸의 테두리를 지우는 법/ 그리하여 나날이 엷어지는 법"을 통해 욕망을 거세하는 법을 수련하며 살아간다. 자신의 존재를 지우며 "유체 이탈법"까지 터득한 유령들은 거리 어디에서나 만난다. 일찍이 시인은 이들 유령들의 독백을 다음과 같이 기록한 적이 있다. "우리에겐 기댈 기둥이 없다. 방이 없다. 벽이 없다. 집이 없다. 우리에겐 디디고 설 땅조차 없다. 없는 것은 다 있는데, 있는 것은 아무것도 없다. 그래서 우리의 발은 공중에 떠 있다. 아마도 유령인가 보다."(「한 잔의 붉은 거울」) '유령'은 자신의 존재적 가치를 증명해 낼 수 없는 무기력한 인간의 알레고리이면서 동시에 영혼이 사라진 세상을 떠도는 가짜 육체를 의미한다.

유령과 같은 삶을 사는 이들에게 "불을 확 질러 버렸으면" 하는 혁명과 전복은 허용되지 않는다. 권력의 감시와 처벌은 민주와 자유의 이름 속에 교묘히 숨어 있다. '가짜 인간'들이 실행할 수 있는 '자살'은 가장 손쉬운 탈출 방법이지만 윤리와 종교 그리고 남은 자를 위한 배려 차원에서 적절치 못하다는 지탄을 받는다. "머리에 발을 올리고 발을 땅에 대지 않고 걷는 연습"과 "공중에 떠서 잠드는 법"을 연마하는 '해탈'의 방법도 있다. 하지만 해탈은 그 개념만 있고, 현실에선 실제로 사용된 예가 드물다. '자아실현'이나 '진리 탐구'라는 그럴듯한 '공중 부양'의 슬로건도 마찬가지이다. 또한 이들은 혁명가나 투사가 되어 적극적으로 '투쟁'하는 능력도 없다. 자본주의적 질서에 이미 적응하였고 무엇보다 대적할 적이 보이지 않기 때문이다. "숙제 안 해 오는 유령들에게 일침을 가"하는 제도권 유령학교의 선생처럼 자신도 하나의 제도가 되어 버렸기 때문이다.

그렇다면 내과 수술 전문의가 매번 병든 내장을 열어 보는 것처럼 식상한 일이 되어 버린 유령의 삶에서 시인이 말하는 저항과 그 탈출 방법은 무엇인가. 더는 못 살겠다고 징징대는 한탄과 핑계와 넋두리를 넘어서는 "앙갚음"의 방법은 무엇인가. 해탈, 자살, 싸움의 모든 저항 수단을 써먹지도 못하고 이미 유령이 되어 버린 자들은 불행히도 그 방법을 모른다. "유령 연습 한번 해 볼까요?"라고 묻는 시인의 물음은 그런 점에서 반어적이다. 자신이 유령인 것을 아는 자로서, 그저 '유령으로 살아가기'가 아니라 '유령처럼 흉내 내기'만 하면서 살아가기를 말하고 있기 때문이다. 그리고 이러한 반어와 조롱과 야유가 시인의 유령학교 탈출 방법임을 알 수 있다. 조롱과 야유는 시인 자신까지도 파괴할 수 있는 불온한 것이다. 유령학교를 졸업하고도 제도권 유령밖에 될 수 없다는 현실은 시인 자신의 목까지도 함께 겨누기 때문이다. "유령학교 졸업하고 제도권 유령밖에 될 수 없다니, 쳇!"이라고 중얼거리는 시인의 냉담한 독백은 자신을 조롱하며 나아가 세계를 조롱하고 해체하려는 시인의 '앙갚음'의 의도를 함축한 것이다.

어둠의 길을 끝까지 걸어가서 빛의 통로를 지나 구원의 세계에 이르는 것이 유령들의 운명이다. 그 터널을 지나면 망각과 구원의 강이 기다리고 있고, 거길 넘어가면 영혼과 육체를 속박했던 모든 지상의 감옥은 사라진다. 그러나 세계와 자아가 병들어 있는 것을 발견하지 못한다면 삶에 대한 어떤 긍정적인 회복의지조차 생기지 않는다. 때문에 삶 속에서 유령을 발견하는 시인의 시선에 대해 우리는 우리 자신이 유령과 같음을 절망하고 새로운 출구를 찾아 나서기 위한 하나의 방법론적인 회의로 받아들여야 한다. 믿거나 말거나, 어쨌든 희망을 발견하는 것이야말로 "구름처럼", "기체처럼" 공중을 부양하는 "상상급" 유령이 되기 위한 전단계가 아닌가. 이런 달콤한 위로와 "마술" 같은 허무의 방법이 끝없는 악순환의 연속이 될지라도, 웃으며 조롱하며 앙갚음하는 못된 유령이 되어야 겨우 우리는 우리가 '유령'인 것을 알기 때문이다.

물의 근원적 질문

변한 것은 없다. 수많은 시간들이 흘렀지만 우리는 그때마다 조금씩 다른 표정과 웃음을 만들어 탈을 쓰고 살아온 것에 불과하다. 몸속엔 철없고 두려움에 덜덜 떠는 어린애가 들어 있을 뿐이다. 육체의 덧없는 껍데기를 껴입고서 우주의 캄캄한 어둠 앞에 당황해하는 어린애, 남자도 여자도 아닌 그것, 나무도 새도 아닌 그것이 우리 내부에 자리한다. 송재학 시인에 따르면 그것은 “내 안에 눈 부릅뜬 사람”이다. 그리고 “물의 침전물이 고스란히 간직되듯” 우리의 내면엔 그 캄캄한 ‘나’가 기거하는 방이 있다.

저수지마다 물의 방이 있지는 않지만, 내 왼쪽 저수지는 고요했기에 매년 사람이 빠졌다 물의 낭떠러지에 물의 방이 있어야만 했다 얼음장 이 움푹 꺼질 때의 탄식만을 본다면 물의 방은 수심이 그은 금의 내부이 다 언젠가 얼어 버릴 물의 시퍼런 능선이 가시를 내밀었던 자국까지이 다 물의 뼈는 수은 같은 금속이라 단단하고 자유롭다 그러니까 물고기 는 물과 수은을 닮아 푸른 등뼈를 만들었다 물의 방에도 비늘과 아가미 가 있어 물고기와 비슷하다 물풀처럼 일렁이는 이야기는 부레 없이 지 느러미 각주를 달고 물의 시렁에 뼈만 추슬러 얹었다 가끔 죽은 뼈가 닿 으면 물의 속눈썹부터 손사래를 쳤다 내 안에 눈 부릅뜬 사람이 있듯 물 의 어둔 곳에 물의 영혼이 있다 물의 침전물이 고스란히 간직되듯 내 안 의 사람은 다시 나를 느낀다 수면의 악다구니와 달리 물의 방은 어제 가 위 눌린 눈물이 필사되는 곳이다 물이 일일이 울고 있다

—송재학, 「물속의 방」 전문

물은 표면과 그 내부로 이루어져 있는 하나의 방이다. 물의 표면은 안개와 빗방울과 햇살이 어룽대지만 물의 내부는 어둡고 고요하고 잠잠하다. 물의 내부 즉, "물의 영혼"이 깃들어 있는 물의 방은 무덤이며 동시에 탄생의 자궁이라는 역설적 의미망을 형성한다. 그러나 "대지의 참다운 눈은 물이다, 그리하여 물은 대지의 시선이 되고 시간을 바라보는 계기가 되는 것"이라는 바슐라르적 환상에 이르면, 물은 우주며, 삶과 죽음의 전체가 된다. 따라서 "물의 방은 어제 가위 눌린 눈물이 필사되는"

상처의 장소이며, “단단하고 자유”로운 꿈의 공간이 되기도 한다. “수면의 악다구니”를 받아들이며, 그 속에 “푸른 등뼈”의 물고기와 물풀들을 키워 내는 물의 방이야말로 삶과 죽음을 온전히 우주적인 지평의 장소로 환치시킨다.

우리가 감각하고 지각한 모든 것들은 빠져나갈 출구도 없이 안으로 흘러들어 와 고여 있다가 기억 저편에서 시체처럼 떠오르며 희끄무레한 안개 속을 떠다닌다. 영혼이 간직하고 있는 이러한 기억의 부유물들은 죄와 죽음의 흔적이다. 물속의 방을 단단히 닫아거는 일에 청춘의 전부를 바친 사람들도 있다. 그러나 이 욕망과 죄의 검은 입속에서 “비늘과 아가미”를 달고 헤엄치는 생명을 발견하는 일이야말로 시인의 책무이며 사랑의 실현이라 할 수 있겠다.

송재학 시인의 시에서처럼 안과 밖의 공간을 창조적으로 재생하는 물이 있다면, 신영배 시인의, 상하좌우를 수직·수평적으로 연결하며 순환하는 물도 있다. 인간은 칠십 퍼센트의 물로 이루어져 있고, 인간은 칠십 퍼센트의 물의 순환 과정에 지나지 않는다. 인간의 표면인 몸과 그 내부의 영혼은 소멸되지 않고 끝없이 순환, 재생된다. 우리가 느끼고 사고하고 감각한 모든 것들은 피와 땀과 눈물과 더불어 이곳에서 저곳으로 형태를 바꾸어 가며 옮겨 다닌다.

여기서 울고 저 멀리 가서 듣다

고요한 바람을 따라 엄마가 간다
그 앞의 바람을 따라 엄마의 엄마가 간다
닿을 수 없는 바람으로부터 물이 오고

온몸이 붇도록
물을 만지는 여인들

늦지 않게 봄은 뛰어오고, 다시

여인들을 따라 꽃들이 간다

나는 두 귀가 없이

물이 무릎에 닿았을 때 의자에 앉았지
물이 팔꿈치에 닿았을 때 건반에 두 손을 올려놓았지
그리고 물이 가슴에 닿았을 때 첫 음을 누르고
물이 두 눈에 닿았을 때

떨다

손가락들이 흐른다

꽃의 음정

여기서 울고

나는 아주 멀리 가야 하네

—신영배, 「물 피아노」 전문

이 시는 가고, 오고, 흐르는 물의 순환이 엄마, 여인, 나의 순환으로 이어져 있다. 그리고 이 모든 과정과 절차를 "꽃의 음정"으로, 물이 연주하는 피아노의 선율로 은유하고 있다. 만물에 영혼이 깃들어 있다는 애니미즘(Animism)적 사고는 단순한 원시의 발상이 아니다. 봄날 아름답게 피어 있는 벚꽃나무에서 문득 가고 없는 이의 얼굴이 떠오르고, 우연히 그 곁을 지나며 바람이 부는 소리를 듣는 것, 그것을 영혼의 음정, "꽃의 음정"이라고 불러 보는 건 어떨까. 흐르는 강물에 두 번 발을 담글 수 없지만, 언젠가 "물이 무릎에 닿았을 때", "물이 두 눈에 닿았을 때" 오래전 여인들의 맑은 웃음소리와 쓸쓸한 탄식 소리를 듣는다 해도 하나도 이상하지 않으리라. 오늘 우리는 "여기서 울고" 면 훗날 누군가는 우리의 울음소리를 "저 멀리 가서 듣"게 될 것이다. 그리고 그는 이상하다, 이상하다, 이 흐르는 강물에 앉아서 누군가 울다가 간 것만 같다고 중얼거리게 될 것이다.

신영배 시인이 바라본 물의 수직적·수평적 환원은, 김언희 시인에 이르러서는 물의 불쾌한 오염과 그 정화의 욕망으로 나타난다. "똥"과 오줌의 "지린내"는 오염된 물이다. 피와 땀과 정액과 고름과 오줌과 똥과 눈물처럼 고통과 추악과 욕망에 오염된 물의 양상을 대신한다. 이 오염된 물에서 생성되는 것은 "뼈 무더기"와 "무덤" 그리고 "묘목 한 그루"와 "죽은 자를 길들이는 이끼"들이다.

죽음과 고통과 추함을 말하는 위악의 실체는 언제나 반어적이라는 데 주목할 필요가 있다. 일그러진 디스토피아적 현실의 추악함은, 실은 희망적인 세계를 갈망하는 욕망과 다름 아니기 때문이다. 때문에 그늘 속에서 습기를 머금고 자라는 "이끼"의 세계는 죽음 속에서 끝없이 생명을 이어 가는 끈질긴 생명의 본성을 반영하는 것이다. 그리고 이 "백 년에 걸쳐" 완성된 추악함이 우리의 얼굴이라는 것을, 고름과 정액과 똥과 오줌이 우리 내부의 방에 가득 고여 있다는 것을 가르쳐 준다.

하루아침 나는 뼈 무더기로 깨어났다

돌로 쌓아 만든 무덤

갈라진 돌

틈에서

깨어났다

틈 사이로

묘목

한 그루가 보였다, 갈매기 똥에서 돋아 나온 묘목 한 그루, 희미한

희미한 이끼 지린내가 풍겼다, 너는

없어, 없는 무엇이야, 너는

희미한

지린내야

죽은 자를 길들이는 이끼, 하루아침 나는

백 년에 걸쳐 끼인

한 치

두께

의

이끼

로 깨어났다

—김언희, 「하루아침 나는」 전문

더러운 피의 계보가 어떻게 생성되었는지에 관한 진단은 마침내 우리 자신들에 대해 "없어, 없는 무엇"이라는 결론에 이른다. 그러나 이 '없음'의 세계는 단지 "묘목"과 "이끼"의 탄생을 위해 마련된 텅 빈 충만의 이중적 속성을 갖는다. 이 더러운 "지린내야", 우리는 이제 우리 자신을 이렇게 호명한다. 오염된 물의 수직적·수평적 환원이 김언희 시인의 시에선 절망과 죽음의 위악적 탄생으로 이어져 마침내 스스로 절망하지 않으면 구원이 없다는 깨달음에 이르게 한다.

물의 안과 밖을 관찰하고, 다시 그 역사적 흐름과 수평적 환원에 이르러 온통 검은색으로 더럽혀진 물의 종말을 목도한 그 끝에서조차, 우리는 이끼와 같은 기형적 생명의 새로운 탄생을 예감하였다. 그리고 우리 모두는 이수익 시인의 시에서 다음과 같은 질문에 답해야 한다. 우리는 "어디서 눈을 감는가".

내 눈은 아직 한 번도 새의 죽음을 목도한 적이

없다, 새는 어디서 눈을 감는가

캄캄한 하늘에 대고 끝없이

나는 묻고 답하노니,

핏기 없이 어두워진 내 얼굴이

그래도 잘 모른다고 수줍어서 말할 때

처음처럼 희미하게 거듭 더듬거리면서

—이수익, 「새를 찾아서」 부분

죽음과 재생의 상징으로서의 물을 읽었으나, 여전히 우리는 "캄캄한 하늘에 대고 끝없이" 질문한다. 우리는 누구이며, 어디서 왔으며, 어디로 돌아가는가. 그리고 불행히도 정작 우리는 우리 스스로의 존재에 대해 "잘 모른다"고 고백할 수밖에 없다.

죽음에 대한 질문에 봉착하게 되면, 그 어떤 비유나 상징, 그 어떤 위로나 명언조차도 무색해지는 법이다. 생명은 윤회하는가, 영혼은 존재하는가. "처음처럼 희미하게 거듭 더듬거리면서" 우리는 수면에 비치는 우리 자신의 낯설고 생소한 몰골에 황망해하며 돌아설 수밖에 없을 것이다.

네가 바다의 근원에 가 본 적이 있느냐? 깊은 물 밑으로 걸어 본 적이 있느냐?

죽음의 문이 네게 열린 적이 있느냐? 죽음의 그림자의 문들을 본 적이 있느냐?

—『욥기』 38장 16-17절

누가 속에 지혜를 두었느냐? 누가 마음속에 지각을 주었느냐?

—『욥기』 38장 36절

인간은 물의 방인 자궁에서 태어나, 흐린 시선으로 밖을 응시하는 영혼과 더불어 평생 물의 방에 거주하다가 흘러간다. 인간 육체의 수분은 증발하여 비가 되어 어느 꽃나무에 내리거나 물고기의 입과 아가미를 통과하여 시냇가의 이끼에 스민다. 이 덧없음과 만물에 깃드는 생기의 과정을 망각한 자를 똥과 오줌에 빗대어 말할 수도 있겠다. 영혼의 맑은 샘에서 용출되어 솟는 생명의 음정을 간직하자고 떠들어 볼 수도 있겠다. 그러나 이 모든 지각과 감각의 지혜들이 어디서 왔으며, 어디로 옮겨 가는지, 어느 환한 꽃나무에 옮겨 앉아 꽃으로 피어나는지, 우리는 끝내 알지 못한다는 것이다.

오늘 우리가 느끼고 생각한 것들이 봄날 벚나무에 활짝 피어, 누군가 문득 발을 멈추고 한참 그 향기를 기꺼워하다가 간다고 한들, 오지 않은 미래를 상상하고 그리워하는 것 외에 우리가 무엇을 할 수 있겠는가. 덧없고 덧없음이여, 그 남루한 외투를 뒤집어쓰고 우리는 비에 흠뻑 젖은 이끼처럼 종일 몸이 무거웠으니…….

이미지들과 싸우다

나는 운명에 집착한다. 패배를 견딜 수 없는 순간, 자기를 합리화하는 방식으로의 운명을 신봉한다. 향긋한 박하 냄새가 나는 무기력을 사랑한다. 노력과 성실함으로도 가닿을 수 없는 세계를 부끄러미 바라다보는 내가 좋다. 어쩌다 이토록 나는 망가지게 되었을까. 어쩌다 이렇게 나를 재촉하는 희망들을 지겨워하게 되었던가. 끝없이 축적된 강 하구의 부드러운 모래들처럼, 느릿느릿한 강둑의 풍경들처럼, 현재의 나는 연속된 과거의 물결들이 퍼다 날라 놓은 어떤 이미지들로 이루어져 있다. 의지로도 희망으로도 가닿을 수 없는 밝은 세계를 넋 놓고 바라볼 때면 불쌍한 나의 자기애적 동정심은 저절로 어떤 이미지들을 떠올린다. 그것들은 더없이 현실을 회피하기에 좋으며 나를 나른하게 만들며 때론 행복하게 한다. 나를 지탱하는 이 몇 개의 이미지들로도 나는 충분히 규정된다. 사람은 이미지의 파편들이 만들어 놓은 불안한 꿈을 꾸면서 화들짝 놀라 깨는 존재들이다. 그 한밤중에 나를 스쳐 지나가는 흐릿한 풍경을 기억해 내기 위해 다시 잠을 들지 못해 많은 밤을 뒤척이게 될 것이다.

달과 미루나무

그것이 기억인지, 기억의 왜곡인지, 착각인지 나는 잘 모르겠다. 내가 세 살 때 돌아가신 아버지가 돌아가시기 전에 나를 업어 주셨다고 믿어지는 그런 밤을 나는 기억하고 있다. 아버지 머리 위로 떠오른 환하고 붉은 달이 보였다. 그리고 길 옆 미루나무 그루터기에 버려진 가마니 덮인 시체가 있었다.(시체였다고 믿어진다.) 나는 그걸 나의 세 살 무렵 기억이라고 믿고 있지만 그럴 가능성은 거의 없을 것이다. 그것이 사실이든 아니든 중요하지 않다. 나는 돌아가신 아버지를 둘러싸고 있는 이미지를 그렇게 간직해 온 것이다. '나'는 내가 경험한 이미지들의 집합체이므로. 나를 지배하고 있는 이미지들을 꺼내 놓으면 무성의하겠지만 그런대로 하나의 짧은 영화 한 편이 될 것이다. 그렇다면 나의 이 불행한 영화에 누가 등장하는가, 누가 나를 비극의 주인공으로 만들었는가에 대한 답들이 내 삶과 내 시의 바탕일 것이다.

머리카락

나의 할아버지는 엄격하신 분이었다. 아버지 없는 나를 사랑하시지도 않았다.(그랬다고 믿어진다.) 할아버지는 젊어서 술과 노름으로 가산을 탕진했고, 말년엔 병을 얻어 작은 구멍가게를 하나 열어 놓고 매일 주무셨다. 나는 그 작은 구멍가게를 수시로 들락거리며 과자를 물어내던 쥐새끼였다. 그럴 때마다 할아버지는 연탄집게와 홍두깨와 돌멩이를 내 머리로 집어던졌다. 집에 못 들어가고 둑에서 돌을 들어내고 거기서 하룻밤을 잔 적도 있었다. 할아버지는 할머니에게 자주 폭행을 가하셨다. 나는 할아버지의 분노가 어떻게 생겨난 것이지 지금도 이해할 도리가 없다. 할머니는 평생 옷장사를 하셨다. 작은 보따리를 이고 강원도며 충청도 땅을 떠도셨다. 할머니의 나에 대한 집착은 강하셨지만 나는 그것이 두려웠다. 나에겐 어머니가 있었고, 나는 할머니의 아들이 아니었다. 나는 할아버지한테 두들겨 맞는 할머니를 지켜 줄 수가 없었다. 할머니에 대한 이미지는 슬프고, 억척스럽고, 지겹다. '할머니'라고 중얼거리면 금세 머리카락 같은 것이 한 다발 입에서 씹힌다. 꺼내 보면 더럽고 질기다는 생각. 나는 국그릇에서 자주 건져 올리던 할머니의 머리카락이 싫었다.

칼과 반딧불이

어느 날 나는 개울가에서 녹슨 칼을 하나 주웠다. 대여섯 뼘 정도의 크기였다. 할머니가 몇 번을 다시 갖다 버렸지만 나는 그걸 몰래 주워 와 서랍에 넣어 두곤 심심할 때마다 꺼내 보곤 하였다. 반딧불이를 몇 마리를 잡아다가 소주병에 넣어 두고 나는 춤추는 별 무리를 떠올렸다. 개울가에서 차돌을 주워 와서 이불을 쓰고 탁탁 치면 불꽃이 일었다. 불꽃은 신비했다. 그건 반딧불이의 꽁무니에서 나오는 것과는 다른 느낌이었다. 나는 이불 속에서 칼과 불을 동시에 만지며 놀았다. 칼과 불 혹은 빛……. 나는 내 시가 칼과 불을 닮기를 바란다. 칼과 불은 타협이 없다. 그것은 본성을 있는 그대로 드러낸다. 그리고 사람들은 그 앞에서 왜소해진다.

나는 아직도 강가에서 차돌을 주워 오고 싶은 생각이 든다. 길을 가다가 매끄럽고 희고 예쁜 돌을 보면 꼭 주워 온다. 돌을 맞대어 치면 돌 속에 고여 있던 무늬가 반짝 하고 빛 속으로 솟아올라 온다. 개미취나 쑥부쟁이같이 생긴 불꽃들이 피어난다.

돌 속에 꽃이 살고 있다. 돌 속에 불이 숨어 있다가 제가 안고 있던 꽃을 들킨다. 강가에 가서 희고 단단한 차돌을 줍는 것은 어두운 식탁에 꽃을 한 송이 올려놓는 일이다. 강한 것 속에서 아름다운 것이 나온다. 아름다운 것이 강하다.

나무에 새긴 이름

중학교 일학년 때 할아버지가 돌아가셨다. 할아버지가 돌아가시자 나는 할머니께 제안을 했다. 시내에서 누나와 사는 어머니가 다시 집에 돌아왔으면 좋겠다고. 나는 할머니의 장손이었으며 어머니의 외아들이었으며 돌아가신 할아버지와 아버지의 대를 이을 핏줄이었다. 하지만 쉬운 일이 아니었다. 어머니는 이미 한 번 재가를 하셨었고 할머니는 어머니와 자꾸 부딪쳤다. 나는 내가 심어 놓은 백양나무 위를 자주 올라갔다. 할머니와 어머니가 서로 험담을 하며 싸웠고 그릇이 깨졌고, 고모들과 고모부들이 우르르 몰려와 어머니의 머리채를 함부로 잡아챘다. 나는 나무 위로 더 높이 올라갔다. 그리고 더는 오를 수 없는 어느 꼭대기에 내가 사랑하는 한 소녀의 이름을 새겨 넣었다. 주머니칼로 새긴 소녀의 이름은 나무 표피에 덮여 자꾸 형체를 잃어 갔다. 나는 한 소녀를 사랑했다. 밤마다 그 애의 집 앞을 서성였고, 그 애가 타는 버스를 기다렸고, 편지를 썼고, 꽃말과 별자리를 외웠다. 저수지 가운데에 섬이 하나 있었고 나는 그 주위로 몰려드는 눈발들을 오래 바라보았었다. 늙은 왕버드나무는 속이 패인 채 칼바람을 맞고 있었다. 나는 날리는 눈발들이 무겁다는 생각을 했다. 그리고 그 너머엔 내가 가닿지 못하는 한 소녀의 집이 있었다. 나는 일기도 아닌, 시도 아닌 글들을 적었다. 내리는 눈들이 살고 싶어 한다, 고 적었다. 그 무렵부터 시를 썼다. 시는 그렇게 막다른 곳에서 왔지만 정작 그때가 막다른 곳이었다는 생각은 훨씬 나중에서야 들었다. 누구에게나 아픈 기억이 있지만 어떤 사람은 유난히 그것을 크게 받아들여서 곱씹고 곱씹는다. 상처는 바로 그 지점에서 태어난다. 나는 연애시를 아주 잘 쓸 수 있다고 믿는다. 백양나무 한 그루만 떠올려도 우르르 몰려오는 시커멓고 어둑한 그림자들이 있다.

춘천

고등학교를 졸업하고 나는 학비가 가장 싼 교육대학교로 진학했다. 어머니의 강요가 아니었다면 선생이 되고 싶은 마음은 별로 없었다. 대학 시절 내내 성경 속에 파묻혀 살았다. 그러나 그 무렵 나의 신앙은 평안함이 아니라 두려움과 죄책감이었다. 나는 나를 학대하는 것이 행복했다. 파스칼과 헤르만 헤세, 기형도, 최승호, 이성복, 황동규를 읽었다. 창밖엔 항상 가을이 몰려와서 떠나지 않았다. 나는 떨어지는 낙엽을 보면서 일주일을 울었다. 죽어 가는 모든 것들을 사랑해야겠다고 생각했지만 밤마다 돌아가신 아버지가 자꾸 보였다.

동백꽃

남쪽에서 살게 되면서 자주 동백꽃을 본다. 동백꽃은 꽃 모가지가 한 번에 떨어지면서 진다. 시를 쓰려면 온몸으로 써야 한다고 생각한다. 동백꽃을 열고 동백 속으로 난 길을 따라 보길도에도 가 보았고, 해남, 보성, 통영, 제주까지 갔었다. 그리고 다시 돌아올 때, 나는 지금껏 동백 속에서 떠돌고 있었다는 걸 깨달았다. 지천으로 피어 있는 동백꽃 숲에서, 산다는 것이 어쩌면 이렇게 아름다움에 반해 일생 헤매다 가는 건지도 모른다는 생각이 들었다.

다시, 이미지

이미지들은 이미지들과 만나 새롭게 변형되기도 한다. 지금 나를 끌고 가는 이미지들은 모두 변종들이다. 이미지는 걷잡을 수 없이 내 안에서 확대 재생산된다. 이미지가 나를 끌고 간다.

나는 내 수족을 묶는 이미지들에 대해 고함을 치거나 대드는 법을 익혀야 한다. 고통과 넋두리는 너무 낡았다. 자기 복제를 거듭하고 있는 오래된 이미지들은 버려야 한다. 그렇다고 새로울 건 없다. 나에게 처음부터 없었던 것을 만들어 낼 수는 없는 것이다. 다만 나를 지배하는 불행한 기억들 혹은 그것들의 친근한 얼굴들과 헤어지는 연습을 해야 한다. 불행한 가계와 암울한 이미지들 속에서 태어난 사생아. 쉬고 싶은 안식의 욕구와 걸어가야 하는 의지의 저항. 나는 나를 지배하는 이미지들과 온몸으로 싸워야 한다. 나는 태양인인 것이다.

돈키호테를 만난 적이 있다

문학 병을 앓고 있었다. 어서 서둘러 늙기를 바라는 것 말고는 어떤 것도 내 맘대로 되지 않았다. 재능은 없었고, 그 바닥은 빤히 들여다보일 정도였다. 계란으로 바위를 치는 꼴이었다. 삶은 유한했고, 그 짧은 시간 속에서 무언가를 꿈꾸는 것은 초라하였다. 그러나 글을 쓰는 것 말고는 하고 싶은 일도 없었다. 그렇게 시간은 흘러갈 것이 뻔했다. 차라리 늙거나 병들거나 죽음을 목전에 두면 욕망은 소멸될 것 같았다. 가진 것 없이 나는 바라는 것이 너무 많았다.

세상의 악을 심판하고 정의를 구하기 위한 돈키호테의 여행은 터무니없이 어리석어 보이지만 그 순수하고도 맹목적인 무지는 나의 희망과 닿아 있었다. 사람이 나이 들어 늙어도 포기할 수 없는 것이 있다는 사실을 돈키호테가 보여 주고 있었다. 이야기 속에 나오는 돈키호테의 꿈은 내 꿈이었고, 돈키호테의 패배는 내 꿈의 패배였다. 풍차를 향해 돌격하는 그의 코미디는 눈물이 날 지경이었다. 사람들은 비웃었고, 그의 말 로시난테는 마르고 볼품없었으며, 그의 친구이자 하인인 산초 판자는 정상에도 들지 못하는 모자란 사람이었다. 세상 물정이 어둡고 사람 관계를 제대로 못하는 나 역시 사람들에게 그렇게 보였을 것이었다. 그러나 아이러니하게도 돈키호테가 실컷 바깥에서 두들겨 맞고 병들어 고향에 돌아와 죽으면서 남긴 말은 "그러나 나는 행복하였다"였다. 하지만 그것은 패배자의 자기 위안은 아니었을까. 나는 진정으로 돈키호테의 패배를 인정하고 싶지 않았다.

희망이 사람의 목줄을 움켜잡고 함부로 인생을 탕진하는 쪽으로 끌고 다닐 수도 있다. 그리고 그것은 기꺼이 자신의 동의 속에서 이루어지는 적극적인 계약일 것이다. 그리고 나는 기꺼이 내 코뚜레를 그 손에 넘겨주었던 것이다. 무작정 따라 걷기, 이끄는 곳이 구렁텅이이든 수풀 속이든 무조건 따라가기. 열정으로 몸이 달아오른 사람에게 선택의 폭은 많지 않다. 늙거나 병들거나 외롭거나 아무것도 갖지 못했거나, 결국, 꿈이 이끄는 쪽으로 끌려갈 수밖에 없다는 것. 그렇다. 포기할 수 없는 꿈이 그를 몰고 가는 것이다. 그리고 나는 지금도 그 길 어디쯤인가를 허우적허우적 맹목적으로 걸어가고 있을 것이다.

나는 노인 하나를 잡았다
공원에 혼자 앉아 있는 걸 붙들어 왔다
뒤를 밟아 온 나무들은 더 이상의 추적을 포기했다
그는 모르는 게 없고, 안 가 본 곳이 없으므로
나는 노인의 딱딱한 등짝에 올라탔다
저기 팽팽 지칠 줄 모르고 돌아가는
당신의 칠십 세로 나를 안내하시오.
촛농처럼 아래로 흘러내린 뱃살을 나는 걷어찼다
아귀가 맞지 않는 뼈들이 후두둑
무너지는 소리가 내 안에서도 들렸다
이보게, 그렇게 서둘지 않아도……
나는 노인의 목에 맨 줄을 힘껏 당겼다
희망이 얼마나 지겨운지, 노인이
들고 있는 물그릇을 빼앗아 나는 밟아 버렸다
노인이 불쌍하다는 생각은 나쁜 것이다
노인은 나무뿌리 같은 손가락을 펴서 땅을 짚은 채
엉금엉금 기기 시작했다

힐끗힐끗 바람 속을 떠다니는 청년들이 쳐다보았으나

아무도 탓하는 사람은 없었다

노인은 천천히 풍차를 향해 걸어갔다

텅 빈 양철 깡통 소리

뎅그렁뎅그렁, 밤 12시를 향하여

바람 부는 서쪽을 향하여

나는 노인을 몰고 갔다

—최금진, 「돈키호테를 만나다」 전문

섬

장 그르니에가 쓴 『섬』은 밤의 어둠 속에서, 나룻배를 타고, 방향을 가늠할 표적 하나도 없이 길을 잃었다고 생각하는 사람에게 어울린다. 이 책은 삶의 본질에 대해 질문하고 답하는 어떤 철학 서적이 아니다. 오히려 이 책은 허무로 가득한 세상에 대한 따뜻한 서정시라고 해야 할 것이다.

어린 시절, 흐르는 냇물 앞에서 다시 돌아오지 않는 시간의 흐름에 정신을 빼앗겨 본 경험이 있는 사람들은 알 것이다. 반짝이는 햇빛과 물살을 거슬러 올라오는 피라미 떼와 머리카락을 넘겨주는 조용한 바람, 이 모든 생생한 활기 속에 비끄러매 놓은 부표처럼 끝내 남겨지고 마는 존재……. 자기 자신에게조차

영원히 가닿을 수 없는 섬.

장 그르니에는 섬뜩할 만큼 자취도 없이 사라지는 존재와 세상에 대해 자신의 딱딱한 혀를 움직여 말로 하는 대신 나무와 하늘과 푸른 들판과 고양이와 여행자의 형상을 빌어 노래하고 있다. 따라서 이 책은 교훈과 도덕과 공포심에 호소하는 종교에 지친 사람들이라면 지독히 아름다운 서정시를 읽듯이 읽어 나가는 것이 좋다.

"길거리에서 이 조그만 책을 열어 본 후 겨우 그 처음 몇 줄을 읽다 말고는 다시 접어 가슴에 꼭 껴안은 채 마침내 아무도 없는 곳에 가서 정신없이 읽기 위하여 나의 방에까지 한걸음에 달려가던 그날 저녁으로 나는 되돌아가고 싶다. 나는 아무런 회한도 없이, 부러워한다. 오늘 처음으로 이 「섬」을 열어 보게 되는 저 낯모르는 젊은 사람을 뜨거운 마음으로 부러워한다."

위에 인용한 알베르 카뮈의 글처럼, 이 책을 읽는 모든 사람들은 가슴 두근거리며 다음 페이지를 기대하게 될 것이다. 그리고 거기엔 첫사랑의 기억처럼 영혼의 불안감마저 씻어 줄 수 있을 것 같은 고양이 '물루'가 있다. 물루는 행복하다. 세계가 저 혼자서 끝없이 벌이는 싸움에 끼어들면서도 그는 제 행동의 동기가 한낱 환상일 뿐임을 깨달으려 하지 않는다. 그러므로 고양이 물루는 행복하다.

"짐승은 즐기다가 죽고 인간은 경이에 넘치다가 죽는다. 그렇다면 끝내 이르게 되는 항구는 어디일까." 이것이 이 책 전편을 꿰뚫고 지나가는 질문이다. 그르니에는 절대와 신성(神性)에 대한 명상으로 그의 여행을 이야기하고 있다. 그러나 그의 책은 종교에 대한 교리서가 아니며 인류 구원에 대한 거대한 사명감으로 써진 책이 아니다. 이름을 알 수도 없고 어디에 있는지도 알 수 없는 어떤 항구, 영원히 이르지 못하며 사람의 발자취란 없는 어떤 섬 이야기를 들려주는 것으로 여운을 남길 뿐이다.

나 역시 이 책을 읽으면서, 혼자서 아무것도 가진 것 없이 낯선 도시에 도착하는 공상을 몇 번씩이나 해 본 적이 있다. 그리하여 겸허하게 아니 남루하게 살아 보았으면 하는 진지한 희망을 품어 보기도 했다. 그렇다. 이 책을 읽는 순간 누구든 이미 낯선 섬이며, 여행자가 되는 경험을 하게 될 것이다.

그리고 그 경험은 허무에 맞서는 소중한 인생의 비밀이 되어 줄 것이다.

당신이 별자리 지도를 펼쳐 놓을 때

사물과 세계의 무상함에 대하여 영원의 회복을 말한 사람은 바로 '당신'이다. 당신은 숭고의 무거움에 지쳤으며 파편들의 가벼움에도 허망함을 느껴 왔지만 그래도 '사과'라고 말할 때, 신맛과 단맛과 향긋함, 사과나무에 앉았다 가는 바람까지 말해야 한다고 생각한다. 말이 아니면 형상으로, 형상이 아니면 침묵으로라도 당신은 나에게 사랑을 말하려 한다. 당신이 캄캄하게 닫혀 있는 밤하늘 속에서 양과 백조와 사자와 사냥꾼의 형상을 보았다고 중얼거릴 때, 나는 당신의 뒷모습에서 세상에는 없는 가장 쓸쓸한 별자리 지도를 읽는다. 당신은 별자리 지도 제작자인 것이다.

지도에 없는 지도를 가지고

떠도는 내 별자리의 산란(散亂)

소멸 앞에 가장 눈부신 병

열리지 않는

그 열리지 않는

—이현호, 「열리지 않는」 부분

별자리 지도 제작자인 당신은 오래전부터 어떤 병을 앓아 온 사람이다. 그 병은 영원하고 위대한 것을 꿈꾸는 사람들이 늘상 앓는 "지도에 없는 지도를 가지고" 길을 더듬어가는 폐소공포증 같은 것이다. 당신은 하나의 문을 닫으면 또 하나의 문이 열리고 있다는 것을 알고 있다. 문과 문의 개폐로만 이어진 미로의 전도를 만드는 일은 흡사 "별자리의 산란"에 선을 그어 세계의 울타리를 만들고 세계의 출구를 만드는 일과 유사하다. 그렇다. 당신은 "소멸 앞에 가장 눈부신 병"을 나에게 가르쳐 준 사람이다. 당신은 무의미한 것을 의미 있게 만드는 일을 한다고 믿었다. 나도 그렇게 믿었다. 문제는 어떤 문도 의미를 향해 "열리지 않는"다는 것을 당신 스스로 알고 있었다는 것이다. 그것이 당신의 병이 된 것을 당신이 알고 있다는 것이야말로 나로선 가장 절망적인 일이었다.

그의 지도가 완성되어 갈수록 도시의 사람들이 사라져 갔다

죽은 자들은 도시 어딘가에 무덤도 없이 묻혔지만

지도에는 표시되지 않았다

그는 남아 있는 시간이 얼마 남지 않았다고 느꼈다

희미해져 가는 시력에 의지해

아직 지어지지 않은 거대한 건물들과

성전들을 지도에 그려 넣고

새로 들어설 집들의 구역을 정돈했다

대로에 성주가 붙인 이름을 써넣고

성주의 신도시보다 먼저 지도를 완성시켰다

그가 모든 힘을 기울여 만든 지도가 완성되었을 때

그는 지도를 볼 수 없었다

거기에는 아무것도 아무도 없었다

그의 귀만이 밝아 그의 흐느낌을 들을 뿐이었다

작은 바다를 그린 것 같군

—김학중, 「창세기 5—사해지도」 부분

"죽은 자들은 도시 어딘가에 무덤도 없이 묻혔지만" 당신의 지도에는 죽음의 역사를 기록하진 않는다. 그것은 언제나 "아직 지어지

지 않은 거대한 건물들과" 그리고 "새로 들어설 집들"을 위해 기꺼이 비워져 있어야 한다는 당신의 원칙 때문이었다. 옛것은 가고 새것이 그 자리를 채워 가는 일이야말로 지도 제작자의 영혼을 가장 고양시켜 주는 일이었다. 어쩌면 위대한 신의 역할을 대신 수행하고 있다는 자부심 같은 것이었을까. 나는 당신이 지도를 완성해 갈수록 고귀한 빛에 당신의 눈이 하얗게 흐려지고 있는 것을 알 수 있었다. 당신은 나를 알아보지 못했다. 그리고 끝내 당신이 제작한 "지도를 볼 수 없었다". 그리고 그 많은 신전들과 신성한 나무들과 밤하늘의 별들로 채워졌던 당신의 지도에는 "아무것도 아무도 없었다". 당신은 나에게 사랑을 보여 주려 했으나 "작은 바다" 하나를 내게 남겼을 뿐이었다. 모든 것이 다 삼켜지고 지워져 버린 밤하늘의 캄캄한 적막, 이제 그 속에서 당신은 눈을 감고 나를 만난다.

그대
짝눈을 보았네

내가
광야에서 지은 죄에 대해
골방에서 엮은 거짓말에 대해
꽃으로 가린 마음의 똥오줌에 대해
가만히

윙크를 하는

세상은

내게 천치와 벌레와 구정물을 주어도

그대는

윙크하는 짝눈일 때

저녁

눈물을 흘릴 때

천지에

꽃이 단 반나절 비는 때

바위가

딱 한 번

열어 봐 준 눈

가끔은

짝눈을 한 새들이

숲을 휘휘 떠돌며

적막을

다시 읽어 주고 있네

—유종인, 「짝눈」 전문

당신아, 눈을 뜨는 것과 눈을 감는 것 사이에 "짝눈"을 뜬 사랑이 있다. 어두운 세상이 당신에게 "천치와 벌레와 구정물을" 주고, 눈먼 당신이 나를 하염없이 더듬을 때, 당신이 영원한 세계의 틈새를 엿보던 방식으로 나는 짝눈을 뜨고 "윙크"한다. "짝눈을 한 새들이" 어둠과 빛에 번갈아 눈을 감았다 뜨며 날아다니고, "바위가" 음울한 동공을 열어 저녁 하늘과 마주 설 때, 눈을 감은 당신과 눈을 뜬 나 사이에 "짝눈"의 사랑이 새로 시작되고 있음을 나는 안다. 완성되자마자 지워진 당신의 지도에서 "적막을/ 다시 읽어 주고" 있는 새들이 빛과 어둠의 경계 속을 날고 있는 것을 나는 보고 있다.

별자리 지도 제작자인 당신들의 시를 짝눈을 뜨고 읽었다. 은폐와 개시의 가능성으로 충만한 세계와 그 새로운 지도를 놓고 절망하며 다시 걸어가는 자세를 짝눈으로 읽었다. 일상이 주는 무상함에 절망하는 자세가 결국 새로운 밤하늘 별자리 지도를 만들어 낼 것임을 믿는다. 그리고 인간은 어떤 순간에든 거기서 새로운 이야기를 만들어 내고, 희망을 발견해야 한다는 것을 믿는다. 나는 그것이 당신들이 세계에 선사하는 사랑임을 알고 있다. 가능성으로 충만한 세계의 닫힌 문을 똑똑 두드릴 때, 당신이 짝눈으로 윙크를 하며 내 손을 잡아 주었으면 좋겠다.

그리고 애정의 순간, 애도가 동시에 발생하는 이상한 아이러니는 모든 책과 사랑과 혁명의 공통된 형식이다. 그러니, 당신아, 우리가 부디 사랑에 관한 기록을 마저 다 쓸 수 있을 때까지 나의 애정에 당신의 애도가, 당신의 사랑에 나의 애도가 함께하길 빈다. 당신이 만든 신성한 별자리 지도를 세상에 펼쳐놓을 때…….

내성(內省)을 견디는 붉은 손들

세계와 사물을 '대립'으로 이해하는 구조는 매우 선명하고 간결해서 좋다. 거기엔 투쟁이 있어서 좋고, 뜨겁고 차가운 싸움이 있어서 좋다. 이성과 감성의 팽팽한 긴장을 걷어차고 밖으로 뛰쳐나가는 광증과, 허물어질 때까지 제 내부를 파고들어 가 상처를 견디는 내부 망명이 서로 대립한다. 그리고 그 가운데 어디쯤, 놀라 쭈뼛거리거나 화가 나서 쭈뼛거리는, 이러지도 못하고 저러지도 못한 채 갈기갈기 영혼이 찢긴 인간들이 있기 마련인데, 그들의 손바닥에서 시가 탄생한다는 풍문은 절대 헛소문이 아닐 것이다.

배추밭에는 배추가 배춧잎을 오므리고 있다
산비알에는 나뭇잎이 나뭇잎을 오므리고 있다
웅덩이에는 오리가 오리를 오므리고 있다
오므린 것들은 안타깝고 애처로워
나는 나를 오므린다
나는 나를 오므린다
오므릴 수 있다는 것이 좋다
내가 내 가슴을 오므릴 수 있다는 것이 좋다
내가 내 입을 오므릴 수 있다는 것이 좋다
담벼락 밑에는 노인들이 오므라져 있다
담벼락 밑에는 신발들이 오므라져 있다
오므린 것들은 죄를 짓지 않는다
숟가락은 제 몸을 오므려 밥을 뜨고
밥그릇은 제 몸을 오므려 밥을 받는다
오래전 손가락이 오므라져 나는 죄짓지 않은 적이 있다

—유홍준, 「오므린 것들」 전문

'오므린다'는 말이 좋다. 오므린다는 것은 '편다'는 것과 대립적이다. '오므린다'는 말은 정말 뭔가를 잔뜩 오므리고 움켜쥐고 있는 느낌이 들어서, 오물오물 뭔가를 입에 넣고 씹는 노파나, 잘 들리지도 않는 말을 속으로 오물오물 씹는 사내가 떠올라서 좋다. 그 자신밖에는 설명할 길이 없는 자신을 견디며 "배추밭에는 배추가 배춧잎을 오므리고" 있고, "나뭇잎"은 "나뭇잎을 오므리고 있"는 것이다. 숟가락을 밥그릇으로 불러 보는 건 어떨까. 신발들을 노인들이라고 불러 보는 건 어떨까. 이 모든 오므린 것들은 자신의 바깥을 포기하거나 유보하며 견딘 것들이다. 견디는 것들이 좋다. 견디는 것은 자신과 자신의 싸움이다. "가슴을 오므"리고, "제 몸을 오므"리는 것들은 내성적인 조개들처럼 웅크린 채 입을 꽉 다물고 있다. 그 힘은 세다. 그 힘은 안과 밖의 팽팽한 질서를 구부려서 만들어진다. 누군가 힘을 주어 제 손가락을 오므리게 될 때, 그는 필시 혈투를 벌이기 위한 주먹을 만들거나, 또는 뭔가를 쓰거나, 움켜잡기 위해 손을 구부리게 될 것이다. 그리고 "죄를 짓지 않"기 위해 열뜬 "가슴을 오므"리고 "담벼락 밑" 같은 허름한 곳에 서게 될 때, 그는 알게 될 것이다. 오리도 "오리를 오므리고 있"고, 그 오므린 힘으로 오리가 물 위에 떠 있는 것을. 시인은 언제나 하강과 상승, 추락과 비상의 그 어디쯤에서 자신의 안과 바깥을 구부려 시의 형상을 빚는다.

내 언젠가 싸리나무 그림자를 아낀 나머지 싸리나무 울타리에 다시 싸리나무를 더해 막았더니

내 사랑했던 것들은 나를 버렸다 내가 나를 에둘러 들쑤시는 것처럼

하릴없이 마른 몸이 맑은 밤을 안고 잠들었더니

하늘귀 어둠이 다한 곳에 앉았다 일어났다가

문고리를 잡으면 이미 다른 지붕 밑이었다

싸리나무 울타리

빛살은 짧은 가지에 한 번 꺾이고 해거름을 여며 다시 죽고

마침내 마당 귀퉁이에 나 혼자 게을렀더니

사랑하는 자여 너 돌아가거든

이 내 쪽으로 고갤랑 돌리지도 마시압

너를 섬기느니 나의 예의는 게을렀다

궁벽한 나의 살림을 지나는 이

철 이른 눈발만 소리 없이 그득하다

볕 짧고 바람 길고 겨울 눈에 검게 탄 아이는 휘파람 부는 동짓달

울안 사정을 애써 헤아리매

떠나는 넋만 봄풀처럼 푸르게 에워싼 북벽, 산 그림자를 비질하는 아이에게 정처를 묻느니

이 生, 쓸쓸한 글줄이나마 나눌 자 있다면 더불어 詩 한 줄 써 주시

기를

나, 간절히 허락하노라

—신동옥, 「울안」 전문

“싸리나무 울타리”는 폐소공포증을 유발하진 않지만, 싸리나무 울타리는 어쩐지 ‘싸르르한’ 통증을 가득 둘러쳐 놓을 것만 같다. 불을 때도 연기가 나지 않는 꼬장꼬장한 싸리나무. 시인은 이 싸리나무 울안에다 다시 싸리나무를 덧대어 울을 친다. 그리고 이 “울안”은 ‘울 밖’과 다르다. 울안에는 “사랑했던 것들”에 의해 버려진 “나”가 있고 그 바깥에는 나를 버린 것들이 저녁 속으로 돌아가고 있다. 스스로를 유폐시키는 울안에서 시인은 “맑은 밤을 안고” 잠에 든다. 청빈한 잠이다. 극빈을 견디는 잠이다. 상처 앞에서 “예의는 게을렀”을지는 모르겠으나, “詩 한 줄” 얻는 것으로 자족하는 잠이다. 이 싸리나무 울안에서 “하릴없이 마른 몸”이 되어 가는 것이야말로 세계를 조롱하는 싸움의 방식이 아니겠는가. ‘하릴없이 살기’와 ‘게으르게 살기’를 통해, 시인은 자신이 둘러친 울안으로 오히려 세상을 끌어당기고자 한다. 이 결핍과 허기는 욕망과 희망의 다른 이름이 아니던가. “볕 짧고 바람” 긴 이 울안의 시민권을 원하는 자는 이 꼬장꼬장한 시인의 “허락”을 받아야 할 것이다. 내적 망명을 통해 시의 깃발로 자신의 영토를 구축하려는 자에게 우리는 싸리비가 다 쓸어 내지 못한 "궁벽"과 "눈발"을 만나게 될 것이지만, 싸리비를 들고 선 얼어 터진 붉은 손, 그것은 분명 바깥과 뼈저린 이별의 악수를 나눈 시의 손이다.

가로등은 좋겠다. 팔이 없어서. 물고기는 좋겠다. 팔이 없어서. 나는 내 팔을 어디 둬야 할지 몰라. 방울뱀은 좋겠다. 연어는 좋겠다. 나는 팔이 부끄러워. 파르테논 신전 기둥보다 무거운 팔. 천천히 두 팔을 대문처럼 열고 손바닥을 펼치면 내 손은 박쥐. 내 손은 까마귀. 내 손은 독수리. 제 맘대로 푸드덕거려서 나는 깍지 낀 두 손을 풀 수가 없네. 양쪽에서 당겨 봐야 소용없네. 신전의 문은 잠겼네. 당신 앞에 서면 내 팔은 한 개 두 개 백 개 천 개. 그 팔들 차례로 푸드덕거려서 나는 새끼 많은 어미처럼 처량하게 울부짖네. 나는 내 손들을 새집을 한 개 두 개 백 개 천 개 내 몸에 매다는 상상을 해 보려고 눈을 감네. 몸에 붙은 새집을 하나하나 열다 보면 밤이 오고, 다시 새집을 하나하나 잠그다 보면 아침이 오는 상상. 다시는 팔 벌리지 않아도 나 혼자 바쁠 상상. 천 개의 새집을 잠그고 떠오르는 해를 못 본 채 잠만 자는 찬란한 상상. 천수관음님은 팔이 천 개. 천수관음님 서 있지도 못하고 누워 있지도 못해서 깨금발 들고 천 년을 뛰어다니시네. 천수관음님 몸속에서 철새 도래지의 새들처럼 솟아오르는 천 개의 손바닥! 천 개의 날개가 푸드덕거리며 천수관음님 몸을 들어 올리면, 천수관음님 얇은 시스루 속치마 펄럭거리며 때마침 떠오르는 달을 향해 날아가시네. 천수관음님 그 많은 부끄러움 어떻게 참고 계실까. 이 밤, 내 천 개의 손을 당신에게 들키고 싶지 않은 밤. 팔이 없으면 부끄러움도 없네. 제 맘대로 푸드덕거리는 팔을 열 개 백 개 천 개 끌어안고 웅크린 밤. 젖은 팔을 잠시 접은 비 오는 날 처마 밑의 처량한 미친 여자 천수관음님처럼. 오직 보고 싶음만 보고 싶은 밤. 나는 내 팔이 부끄러워 천 개의 눈꺼풀을 내리네.

—김혜순, 「연어는 좋겠다」 전문

"팔이 없으면 좋겠다"는 사람이 세상엔 있다. 그는 제 욕망의 앞에서 갑자기 돋아난 "천 개의 손"을 부끄럽게 등 뒤에 감추는 사람이다. 이 손의 정체는 극도로 예민한 촉수며, 더듬이 혹은 안테나일 것이다. "천수관음"도 때론 바깥을 어루만지는 자신의 손을 잘라 내고 싶을까. 자신의 관음증에 당황해, 천 개의 손을 허우적거리고 있을까. 손은 만지고, 더듬고, 할퀴고, 움켜쥔다. 갓 태어난 아기조차 제 손에 쥐어진 물건은 절대 놓치지 않으려는 본능을 갖고 있다. 이 드센 '파악(把握)'의 욕망은 늘 "제 맘대로 푸드덕거리는" 바람에 감추려 해도 보인다. 제 손안에 든 것이 무엇인지 아는 자는 스스로 "처량한 미친 여자"임을 깨닫게 될 것이다. 이 지독한 결벽은 자신의 내면을 오래 들여다본 사람의 것이다. 그의 예민하고 섬세한 자의식은 "서 있지도 못하고 누워 있지도 못해서 깨금발 들고 천 년을 뛰어다니"면서 팔을 거세하는 꿈을 꾼다. 일요일에 교회에 가지 못한 채,

빨간 구두를 신고 춤추다가 마침내 자기 발목을 잘라 내고야 마는 동화 속 '빨간 구두 아가씨'처럼 말이다. 밖을 향해 대책 없이 돋아나는 이 관음의 손을 시라고 불러 보면 어떨까. "시스루 속치마"에서, "당신 앞"에서, "천수관음님 몸"에서 돋아 나와 바깥마저 온통 움켜쥐려고 발악하는 천 개의 손, 그 손을 시의 촉수라고 불러 보면 어떨까. 회고와 자기 응시 속에서 자라는 시여. "부끄러워 천 개의 눈꺼풀을 내리"고 잠든다 해도, 꿈속에까지 손을 뻗는 네 손아귀에 힘껏 사로잡혀 봤으면 좋겠다.

죄짓지 않으려고 오므리는 시인의 착한 손에 박수를 보낸다. 울안에서 궁벽을 견디면서도 독자에게 시를 허가하고 명령하는 시인의 손에 박수를 보낸다. 욕망을 쓰다듬는 천 개의 손이 얼마나 외롭고 고독한 손인지를 아는 시인의 손에 박수를 보낸다. 몸이 견딜 수 있는 데까지 정신도 견디고 왔을 것이므로, 정신이 견딜 수 있는 데까지 몸도 견디고 왔을 것이므로, 안과 밖의 대립을 견디며, 그 치열한 싸움을 살아온 시인들의 시에 박수를 보낸다. 이런 시들의 색깔은 붉다. 그리고 붉은 빛이 돌지 않는 시는 가짜다.

개

방 안에는 우리 둘—개와 나. 밖에서는 사나운 폭풍이 무섭게 울부짖고 있다.

개는 내 앞에 앉아서 물끄러미 나를 바라보고 있다.

나도 개를 바라보고 있다.

개는 무슨 말인가를 나에게 하고 싶어 하는 눈치다. 개는 벙어리라 말을 모른다. 자기 자신을 이해하지 못한다. 그러나 나는 개의 심정을 이해한다.

나는 알고 있다 — 지금 이 순간, 개도 나도 똑같은 감정에 젖어 있다는 것을, 우리 둘 사이에는 어떠한 간격도 없다는 것을. 우리 둘은 조금도 다를 것이 없다. 똑같이 전율에 떠는 불꽃이 저마다의 가슴속에 불타며 빛나고 있다.

이윽고 죽음이 다가와서 이 불길을 향해 그 싸늘한 넓은 날개를 퍼득거리리라……

그러면 끝장이다!

그렇게 되면 누가 알랴, 우리 저마다의 가슴속에 어떤 불길이 타고 있었던가를?

그렇다! 지금 시선을 교환하고 있는 것은 동물도 아니고 인간도 아니다……

서로 응시하고 있는 것은 동일한 두 쌍의 눈.

동물과 인간, 이 두 쌍의 어느 눈에도 동일한 생명이 서로를 의지하며 겁먹은 듯 다가서고 있는 것이다.

1878년 2월

—「개」, 『TURGENYEV 散文詩』(김학수 역주, 민음사, 1990, 5판)

동물들은 자신이 병이 들었거나 상처를 입었을 때, 적으로부터 먹잇감의 표적이 될 것을 알고 있다. 그래서 죽음을 목전에 둔 동물들은 천적 앞에서 신음을 내지 않도록 자신을 진화시켜 왔다. 그러나 소들이 도축장 앞에서 뒷걸음을 치거나 눈물을 흘린다는 이야기는 널리 알려진 이야기이다. 동물들이 아픔을 감추는 쪽으로 삶의 방향을 선택해 왔을지라도 죽음을 직감하는 순간은 인간과 다를 게 없는 것이다.

어릴 때 참새를 잡아 본 경험이 있다. 눈이 많이 왔었고, 친구들은 뒷산에 올라가 먹이를 먹지 못한 힘 빠진 꿩이나 토끼를 잡으려고 종일 눈밭을 쏘다녔었다. 나는 논둑에서 참새 한 마리를 쫓아다녔다. 그리고 아주 가까운 거리에서 내가 참새를 두 손에 움켜쥐었을 때, 손에서 느껴진 그것은 기쁨이나 환희의 감정이 아니었다. 작은 몸통 전체를 뒤흔드는 심장의 고동. 불쾌하게 전해지는 따스한 온기. 온몸으로 저항하는 불안한 힘. 그 작은 짐승은 내 손아귀에서 죽음을 맞을 게 뻔했지만 나는 한없는 두려움에 사로잡혀 참새를 그만 놓아 버렸다. 이 세상에서 가장 무서운 것은 몸 전체가 하나의 심장인 죽어 가는 새였다. 살아 있는 생명체가 그 자신의 존재를 지워 버리는 손길 앞에서 드러냈던 공포스러운 반응을 나는 오래도록 잊지 못했다. 집에서 키우던 개가 복날에 나무에 매달리는 것으로도 깨닫지 못한 죽음의 공포를 나는 내 손에 들었던 참새 한 마리를 통해 알 수 있었다.

트루게네프의 시 「개」에서 느껴지는 생명체와 생명체 간의 연민은 눈물겹다. 시간적 배경은 밤이다. 밤은 한없이 고요한 시간이며, 어둠 속에서 자기 자신과 대면하는 시간이다. 밤은 영혼들의 시간이어서 살아 있는 자들의 몸에서도 영혼이 스멀스멀 기어 나온다. 그리고 영혼들은 영혼들과 만난다. 그럴 때 육체는 황망한 표정으로 저만치 물러나 앉아 그들을 바라볼 수밖에 없다. 어둠 앞에선 누구나 속수무책이다. 눈을 뜨고 있거나 감고 있어도 어둠은 눈동자를 파고들어 와 우리의 내면까지 침투한다. 방의 가운데에는 난로가 타고 있고 늙은 개(늙은 개였으면 좋겠다. 늙은 개는 삶에 대해 보다 경험이 많을 것이다)가 한 마리 앉아 있다. 개는 뭔가를 말하고 싶어 하지만 자기 자신의 감정을 이해하지 못한다. 아니다. 이러한 감정은 말로 표현될 수 있는 게 아니다. 아무리 경험이 많거나 성숙한 사람이라도 죽음을 제대로 아는 사람은 없다. 그러므로 죽음에 대해 개나 인간은 동일하게 무지하다.

모든 물리학적 법칙은 엔트로피의 증가로 나타나고 생명은 거기에 순행한다. 촛불을 켜고 방 안의 어둠을 멀리 창밖으로 내쫓아 보지만 여전히 사방은 희미하고 존재의 형상은 뿌옇다. 그 어둠 속에 불을 켜 놓는 것은 삶의 절박한 의지 같은 것이지만 바깥 어둠과 폭풍에 비하면 초라하고 미미해서 탄식이 절로 나온다. 프로메테우스가 신에게서 훔쳐 온 불은 어둠의 외곽을 향하여 얼마간의 확장을 가져다주었겠지만 그것은 오히려 어둠의 영역이 얼마나 무한한가를 반증해 줄 뿐이었다. 이 대책 없는 망연자실 속에서 개와 화자는 데칼코마니처럼 허무의 한 짝을 이룬다. 화자는 개이며 개는 곧 화자의 위치가 된다. 인간이 세운 모든 문명과 가치들은 이런 밤에는 아무짝에도 쓸모가 없다. 개와 인간, 인간과 개, 그들은 죽음 앞에서 동일한 하나의 피조물에 지나지 않는다.

바깥은 사나운 폭풍이 치고 있고, 들판에 세운 인간의 집은 밖을 향하여 숨구멍만 한 창문을 내놓고 잔뜩 겁을 집어먹은 듯 자꾸 덜컹거린다. 생존에 대한 욕구는 살아 있는 모든 것의 기본 욕구라는 피상적인 명제에서 벗어나 누군가와 진심으로 눈과 눈을 마주 보게 된다면 우리는 그만 견딜 수 없는 우울과 연민에 사로잡힐 것이고, 우리가 살아 있다는 사실 앞에서 절망하게 될 것이다. 화자는 일어나 개를 향해 걸어간다. 개도 그를 본다. 개를 인간의 반려동물이라고 명명한 사람은 어떤 면에서 현명하다. 작품 안에서 개와 인간은 그렇게 하나가 된다. 죽음 앞에선 어떤 간격도 없으며 귀천도 없다. 그 앞에서 우리는 서로 벌거벗은 자들이며 평등한 무지가 되어 만나기 때문이다.

하지만 저 높은 곳에서 어둠을 내려다보는 '별'을 노래하는 것이 인간의 운명 혹은 시인의 사명이라고 믿고 싶다. 별은 닿을 수 없는 이상이지만 어둠 속에서 우리의 정신을 깨우고 길을 가르쳐 준다. 자연 만물에 깃든 생명의 성품을 적극적으로 이해하고 그것에 자신을 합일시키는 시인의 운명도 결국 이에 다르지 않을 것이다. 시인도 시를 통해 세계에 깃들어 있는 어둠, 장

막처럼 우리의 존재를 덮어 버리는 어둠 속에 별을 띄워 올려야 한다. 그것이 어둠을 정면으로 대면하여 본 자의 희망이 아니겠는가. 그렇다면 시인은 계몽주의자인지도 모른다. 자신의 눈으로 발견한 삶의 은밀한 비밀들을 보여 주고 어떻게 살아가야 하는지를 들려주어야 하는 존재인지도 모른다. 서로를 응시하는 "동일한 두 쌍의 눈"은 알고 있다. 절망 앞에서 우리는 절망으로 다 같이 평등하며, 다 같이 절망을 앓는 병자가 된다. 때문에 우리는 투르게네프의「개」에서처럼 "서로를 의지하며 겁먹은 듯 다가서"게 될 수밖에 없는 필연에 이르게 될 것이다. 터무니없고 하찮은 감상처럼 보이겠지만 그러나 그것은 세계 속에 숨어 있는 허무와 절망에 맞서는 방법이며, 우리와 우리 주변에 대해 인간으로서의 도리를 수행하는 일일 것이다.

화엄사 기행

그 무렵 나는 남쪽으로 거처를 옮긴 지 얼마 되지 않았고, 나는 내 본적지인 '화순(和順)' 어딘가를 자주 돌아다니고 있었다. 아는 사람 하나 없는 객지 생활이었지만 그렇게라도 한곳에 마음을 주면 그래도 위안을 얻을 수 있지 않을까 하는 생각 때문이었다. 화엄사는 그렇게 화순을 따라 흘러가다가 만난 곳이었다.

화엄사를 처음 방문했을 때는 마침 눈이 내리던 저녁이었다. 산과 사찰이 하나의 거대한 어스름 속으로 잠기고 있었고 하늘과 땅이 똑같은 잿빛을 내어 서로를 향해 번지고 있었다. 모든 색을 섞어 놓으면 검은색이 되듯, 살아 있는 것, 잠드는 것, 우는 것, 웃는 것, 그 모두가 하나의 색을 뒤집어쓰고 조용히 명부전(冥府殿)에서 걸어 나오고 있었다. 화엄사의 어둠은 동쪽 명부전에서부터 흘러나오고 있었다. 그 어둑해지는 틈을 헤치고 법당의 불빛이 환하게 각황전(覺皇殿) 마당을 비추고 있었다.

그리고 작고 가벼운 눈송이들이 날아다녔다. 눈송이들은 모두 하얀 수의를 입고 있었다. 어두워지고 있던 대지와 하늘은 그 순간 어떤 작은 틈을 눈송이들에게 열어 주고 있었다. 어린 눈송이들은 그러나 길을 찾지 못하고 자꾸 아래로 가라앉았다. 잠시 떠오르곤 하다가 잠시 옆으로 옆으로 길을 내곤 이내 바닥으로 곤두박질쳤다. 그 좁은 틈을 따라 눈송이들이 여리고 여린 빛을 뿜어내고 있었다.

나는 꿈을 꾸고 있는 듯했다. 내 사주에 들었다는 역마살처럼 눈송이들이 헤매고 있었다. 하늘을 올려다보았다. 끝도 모를 어둠이 눈송이를 올라타고 내리고 있었다. 눈송이들은 얼굴과 손에 닿자마자 녹았다. 아팠다. 살아 있는 것들은 밝음과 어둠의 짧은 찰나를 날고 있는 것이며, 그것을 마주 보는 것은 아픔이었다. 바로 그때 각황전 앞 거대한 석등에 환하게 불이 켜졌다. 뜨겁지 않은 커다란 횃불이었다. 내리던 눈송이들이 석등의 불빛을 향해 모여들었다. 눈송이들이 웅성거리는 소리가 들렸다.

고개를 숙이고 축축하게 젖은 머리카락을 쓸면서 눈송이들이 그리로 걸어 들어가고 있었다. 명부전 마룻장에 앉아 있던 배고픈 귀신들도 일어나 석등 주위로 모여들었다. 아는 사람들의 얼굴도 몇 보였다. 할아버지와 할머니, 아버지가 보였다. 손을 내밀어 보았으나 그들은 아무 말이 없었다. 석등의 불빛은 점점 더 넓게 동심원을 그리며 퍼져 나갔다. 주위를 돌아보니 화엄사 경내 곳곳에 불이 켜지고 있었다. 어둑해진 산속을 환하게 밝히고 있는 화엄사 그 자체가 하나의 커다란 등불이 되고 있었다. 나는 가슴이 뭉클했다.

그러나 그 뭉클해지는 가슴의 틈에도 빛이 새어 들고 있었다. 인생의 모든 중요한 순간들조차 몇 개의 필름 같은 기억으로 남듯, 잊히지 않는 몇 개의 이미지들이 기억을 거느린다. 화엄사 각황전 앞 석등엔 실제로 불이 들어오지 않는다. 몇 번을 두고 방문해서 보았지만 불은 단 한 번도 켜지지 않았다. 물론 귀신이 사는 것도 아니다. 다만 그 저녁의 눈과 어둠이 내 속에 스며들면서 몇 개의 이미지들을 더 데리고 들어온 것이었다.

"석등에 왜 불을 켜지 않나요?"

화엄사를 찾는 방문객들이 호기심에 그렇게 물어보곤 하는 모양이다.

그러면 만월당(滿月堂) 대요(大了) 스님께서는 이렇게 말씀

하실 것이다.

"불이 안 보이십니까? 불은 당신이 켜는 것입니다."

이제 화엄사 가는 길을 적기로 한다. 이야기의 순서가 바뀐 듯하지만, 그러나 각황전 석등에서의 신비로운 체험은 이 여행의 동기이자 출발점이므로 실제적인 이야기 순서가 바뀐 것은 아닐 것이다. 화엄사에 이르기 위해 무엇을 보았던가. 고속도로를 지나 석곡 인터체인지를 빠져나와 17번, 18번 국도를 따라 흘러가는 섬진강을 보았던가. 물오리 떼가 내려앉은 섬진강 변에 꾸벅꾸벅 졸고 있는 흰 머리 노인네 같은 바위들을 보았던가. 재작년 봄에 왔을 때 보았던 자운영꽃 가득한 논밭에 벼들은 예쁘게 자라고 있었던가. 섬진강에서 재첩을 잡던 늙은 수부(水夫)를 보았던가. 그들은 왜 하나같이 검고 마르고 똑같은 표정이었던가.

나는 가물가물한 기억들을 더듬어 본다. 그러고 보면, 화엄사에 이르기 위해 거쳤던 주변 풍경들은 이제 와 생각하니 턱없이 낯설다. 그들에게 모두 마음을 주지 못한 탓이다. 여행은 거창한 무엇을 보기 위해서 떠나는 것이 아니다. 자연물에 인간의 감정을 이입해 보는 것이며, 그들의 감정을 느껴 보는 것이다. 자연은 있는 그대로 자연이고 그것은 함부로 이름 붙여지기를 원하지 않는다. 그러나 그들에게도 인간과 같은 존엄성을 부여해 주면 그들은 눈을 뜬다. 시를 쓰는 것은 들리지 않는 그들의 말에 가만히 귀를 기울여 보는 것이다. 시가 잘 안 풀릴 때 내가 자동차를 타고 바깥을 나도는 것도 그 때문이다. 오래 어떤 것을 바라보고 있으면 그들이 말하는 소리가 들린다.

생각과 깨달음은 시간과 장소에 따라 상대적인 것이다. 배롱나무가 본디 중국에서 건너온 것이지만 섬진강변에 서 있으면 누군가를 기다리는 한 여인의 모습이 된다. 배롱나무들은 그 줄기가 억세면서도 낭창낭창 부드러운 것이 남도 여인을 연상시킨다. 화무십일홍(花無十日紅)이라 했지만, 백 일 정도까지 핀다는 뜻으로 백일홍(百日紅)이라는 이름이 붙여진 배롱나무는 그 이름 자체도 문학적(?)이어서 나는 한때 배롱나무를 화분에 담아 두고 키우려는 욕심을 둔 적이 있었다.

하지만 배롱나무는 길가에 세워져 있어야 배롱나무다운 법. 강변을 향해 서서 바람결에 남도 가락이나 풀어내는 여인. 아리고 아린, 쓰리고 쓰린 남도 아리랑이 들려올 것만 같은 강변에서 나는 배롱나무를 본다. 강변엔 또 잠자리 떼가 무척 많다. 장마와 장마 사이에 날은 개었고 때마침 잠자리 떼가 하늘을 가득 수놓으며 날고 있었다. 자동차 속도를 내려도 앞 유리에 와서 부딪히는 잠자리들 때문에 여간 마음이 쓰이는 것이 아니었다.

잠자리는 공룡보다도 더 오래 지구에 있어 왔으니까 엄연히 이 땅의 주인은 잠자리들인데, 불청객인 사람들이 그들의 지상을 빼앗고 있는 것이었다. 그런데 무슨 잠자리들이 이리도 많은가. 구례읍에 들어서면서 깨달았다. '구례 잠자리 생태관' 우리나라엔 90여 종의 잠자리들이 있는데 그중 80여 종이 구례에 살고 있다는 것. 왜 잠자리들은 이곳으로 꾸역꾸역 모여 살게 되었을까. 구례읍을 빠져나와 화엄사 이정표를 보고 좌회전하면 길옆으로 마을이 있다. 일전에 왔을 때는 가을이어서 집집마다 감나무들이 환하게 등을 켜 들고 서 있었다.

화엄사를 내려오다가 다시 보면 그건 영락없는 불국정토(佛國淨土)의 세상을 은유하는 것처럼 보인다. 아직 여름인지라 감나무들은 알사탕만 한 푸른 열매를 매달고 있었다. 나는 산속에 있는 외딴 마을을 보면 서글퍼진다. 누군가 개미처럼 이 높은 곳을 걸어와 집을 지은 것이다. 또 그 후손들은 처음 터를 세우고 집을 지은 초라한 가장의 뜻을 따라 거기에서 여전히 살아가고 있는 것이다. 그들이 집집마다 심어 놓은 감나무를 보면 그것이 곧 그들의 가훈(家訓)이며 그들의 문패인 것이다. 외딴 곳에 집을 지어 놓고 한평생 보낼 생각을 한 그 착한 한 사람의 마음이 때로는 어떤 불빛보다 더 밝게 느껴지기도 하는 것이다.

절 입구에서 만나는 불이문(不二門) 아래를 지날 때면 마치 한 세계의 문을 닫고 다른 세계의 문을 열고 들어가는 것 같은 묘한 기분이 든다. 계곡에서 흘러내리는 맑은 물줄기는 이곳과 저곳의 경계를 가르려는 듯 세차다.

장마 때라서 물은 많고, 그 물에선 온몸을 깨끗이 씻고 절에 오르라고 긴 죽비를 휘둘러 마구 후려치는 소리 들린다. 일직선으로 뻗어 있지 않고 잔뜩 휘어진 산사의 길은 지리산과 섬진강의 줄기를 닮았다.

이를테면 곡선의 미학이다. 구불구불한 강의 줄기를 사람의 인생과 비유하는 일은 낡은 발상이지만 나 역시 나이가 들수록 사람은 부드러운 곡선이 되어야 한다는 생각을 하게 된다. 그렇게 오래된 길은 마침내 대나무 숲을 세워 놓는다. 대나무 숲에 귀를 기울여 보면 안다. 대나무 숲에 어떤 늙은 거인이 살고 있어서 혼잣말로 연신 중얼거리는 소리가 들리는 것을. 어쩌면 그 대나무 숲으로는 달밤을 가득 실은 기차가 드나들고 있는지도 모른다.

"푸른 기차를 타고 대꽃이 피는 마을까지 백 년이 걸린다"고 쓴 서정춘 시인의 시가 생각난다. 츠츠츠츠, 격음화 현상을 일으키는 대나무들의 언어를 듣다 보면 마침내 세상 모든 사람들도 대나무의 한 종족이었음을 알게 된다. 그리고 거기서 곡선의 길은 바람에 들려오는 하나의 리듬이 된다.

화엄사를 감싸고 있는 산은 둥지 모양을 하고 있다. 화엄사는 그 안에 폭 담긴 알처럼 아직 채 열리지 않은 낙원을 꿈꾸고 있다. 처음 절을 창건한 이의 숭고한 뜻과 탑을 돌면서 기원을 올리던 이름 없는 이들의 꿈이 여전히 소중하게 담겨져 있을 것이다. 그리고 그 뒤에는 동백나무들이 빼곡하다. 동백나무는 원래 사찰의 화재를 막기 위한 방화림(防火林) 구실을 한다고 한다. 동백꽃을 한 번이라도 본 사람은 알 것이다. 동백꽃은 본디 불덩이였을 것이다. 눈밭에 피어 있는 꽃잎은 눈으로 보기만 해도 온기가 전해져 오는 것이다. 그러니까 동백나무를 사찰의 방화림으로 삼았다는 것은 불로써 불을 막는다는 뜻일 것이다.

각황전에서 왼쪽으로 난 길을 따라 올라가면 백팔 계단이 나온다. 백팔이란 수는 고뇌의 상징이다. 그 고뇌와 번뇌의 계단에 바로 동백나무 숲길이 나 있는 것이다. 동백나무 숲에 들어가면 해가 들지 않아서 순식간에 어둑해지는 것을 느낀다. 말 그대로 번뇌의 숲이 되는 것이다. 모든 무늬들의 경계가 사라지고 하나의 어둠, 하나의 무늬가 된다. 누구든 동백나무 숲에선 동백의 얼굴을 하게 된다. 손을 들어 얼굴을 쓸어내리면 손바닥마다 동백꽃이 피어날 것이다. 어둠이 피워 내는 꽃, 그것이 번뇌를 이기고 해탈한 사람의 표정이 아닐까. 동백숲 옆에 인간의 백팔번뇌 계단이 있다. 그 길을 걸어야 인간은 비로소 꽃으로 피어난다.

백팔 계단을 다 올라가면 효대(孝臺)가 나온다. 효대는 화엄사를 창건한 인도의 중, 연기 조사와 그의 어머니를 형상화한 탑이 있다. 연기 조사는 효성이 지극하여 어머니를 항상 생각하였는데, 오른쪽 무릎을 땅에 대고 찻잔을 바치는 조각상이 바로 연기 조사이며 맞은편에 위치한 조각상이 연기 조사의 어머니 상이다. 거기엔 효대에 얽힌 전설만큼이나 오래된 나무가 한 그루 있다. 바로 화엄송(華嚴松)이다. 수령은 500년. 세월의 풍파를 이기고 살아남은 비장한 느낌마저 준다. 화엄송 아래에서 위를 올려다보면 나무줄기가 하늘에 핏줄처럼 뻗어 있는 모습을 볼 수 있다. 그것은 못 다 이룬 혁명가의 열정 같기도 하고, 오래 묵은 깨달음을 세상에 전파하려고 우뚝 선 선사의 따스한 손금 같기도 하다.

나는 젊어서 일찍 출가한 당숙을 생각했다. 무슨 병으로 돌아가셨던가, 물 대접에 피를 하나 가득 토하고 돌아가셨다는 당숙. 가끔 우리 집에 오셔서 글눈이 없는 할머니 할아버지께 부적을 써서 벽에 붙여 주시던 분. 나는 당숙을 잘 알지 못하나 백팔 개의 천 조각을 기워 만들었다는 그분의 가사 자락은 여전히 내 기억에서 펄럭이고 있다. 효대 앞에서 만나는 늙은 소나무도 분명 그런 옷을 입고 있었다.

천왕문(天王門)에는 새들이 산다. '양비둘기'들이다. 양비둘기는 흔하지 않은 종인데 화엄사에서 수십 마리가 무리를 지어 산다. 저녁 무렵, 해가 다 지고 나면 어디를 갔다가 돌아온 것인지 천왕문 추녀 밑 공포에 비둘기들이 한 마리씩 앉아 있다. 눈에는 피로의 빛이 역력하며, 빠진 깃털은 바닥으로 날아 내린다. 도시에서 만났다면 영락없는 노숙자인 셈이다.

스님의 말씀으로는 배설물을 아무 데나 떨어뜨려 꽤나 절을 더럽게 하는 모양인데, 나는 오히려 비둘기들이 불쌍해 보였다. 저들에게도 어떤 거룩한 불심(佛心)이 있는 것은 아닐까. 그래서 거지꼴을 하고서라도 절에 와서 깃들고 싶었던 것은 아닐까. 그러고 보면 새들의 운명이란 건 참으로 고달프다. 막막한 허공을 쏘다니면서 먹이를 구한다.

비라도 내리면 꼼짝없이 비를 맞아야 하며 밤이 깊어도 새들은 눈을 뜨고 자는 법이다. 텅 비어 있음의 실체를 몸으로 견디면서 그사이를 헤엄치듯 날아다니는 자의 고독은 얼마나 큰 비애인가. 나도 여기저기 떠돌아다니던 때가 있었다. 충주, 원주, 제천, 영월, 홍천, 춘천, 대전, 용인, 광주 등등에 살면서도 그 안에서 수차례 이사를 다녔었다. 이 세상 어딘가엔 '아비(阿飛)'라는 발이 없는 새가 있어서 내려앉을 곳도 없이 공중을 떠돈다는데, 새의 상징이란 언제나 그런 방랑의 이미지를 수반한다. 화엄사에서 만나는 양비둘기들이여, 안다, 나도 너희들의 때 묻은 발톱이 깨지고 벗겨진 것을 보았다.

300년 된 홍매화 앞에서 서성거리고 있을 때 한차례 비가 내렸다. 화엄사의 홍매화는 그 꽃 색이 진해서 일명 흑매화라고도 하는데 우리나라에 한 그루밖에 없다고 한다. 꽃이 피어 있을 때 왔었더라면 나는 분명 곱게 늙은 공양주 보살을 떠올렸을 것이다.

존재 그 자체로 향기를 발할 수 있는 것이 꽃이다. 악하지도 선하지도 않으나 향기로 그 자신을 말하며, 향기로 그 자신을 드러낸다. '화엄(華嚴)'의 뜻은 '여러 가지 꽃'이다. 화엄을 몸으로 가장 잘 드러내는 것이 꽃이 아닐까. 언젠가 화개에서 매화차를 한 통 사 온 적이 있었는데, 차를 마셔 보니 꽃잎 하나만 찻잔에 띄웠을 뿐인데도 그 향이 입안에 은은하게 퍼졌다. 잘은 모르겠지만 부처의 가르침이란 것도 그렇게 입속에, 마음에, 영혼에 오래 은은한 향을 남기는 꽃과 다르지 않을 것이다.

홍매화나무 아래서 비를 맞았는데 더 오래 비에 젖어도 나쁘지 않을 것 같았다. 그러고 보니 살면서 비를 맞기보다는 비를 피하는 데만 애를 썼던 것 같다. 비에 흠뻑 젖은 채 걸어가는 사람의 뒷모습을 한 번도 보지 못했다. 우산도 없이 비를 맞으며 누군가를 애타게 기다렸던 적도 없었다. 비가 내리는 매화나무 아래에 가만히 서 있으면 봄철에 지고 난 매화 향이 스며들 듯. 가끔은 저녁 빗줄기에 갇혀 꽃향기 그윽한 그리움에 젖어 볼 일이었다.

빗속에서 감상에 젖은 것은 나뿐이 아니었다. 대웅전 팔작지붕 위에 까마귀 한 마리가 앉아서 울고 있었다. 마치 일부러 연출한 상황처럼 정말 까마귀가 지붕 꼭대기에 앉아 이쪽을 내려다보고 있었다. 까마귀는 효조(孝鳥)여서, 제 부모를 위해 먹이를 물어 나른다고 한다. 또한 고구려에선 까마귀를 신의 사자로 여겼다. 하지만 대웅전 지붕 위에 내려앉은 까마귀는 머리가 헝클어진 한 사내의 자화상쯤으로 여겨졌다. 까마귀는 묵직한 저음으로 이따금씩 말을 걸어왔다. 그의 말은 너무 어두컴컴해서 나는 다 알아들을 수 없었으나 빗속에서 비에 젖는 것들의 심정으로 고개를 끄덕여 주었다. 비가 몸속에까지 내리고 있었다.

불가에선 도를 깨우치기 위한 과정을 소를 찾는 과정으로 표현한다. 그 그림을 심우도(尋牛圖) 혹은 십우도(十牛圖)라 하는데, 불심 혹은 자아를 상징하는 소를 찾고 마침내 찾은 소를 놓음으로써 혹은 염두에 두지 않음으로써 진정한 깨달음의 세계를 완성한다는 내용이다.

젊어서 혁명가가 되어 보지 못한 사람들은 불행하다. 세상을 구해야겠다는 불같은 열정이야말로 인간이 피워 낼 수 있는 아름다운 꽃이다. 그러나 가끔 생각한다. 그것이 자기만족을 위한 확신은 아니었는지 풀밭에 소 한 마리를 잡아서 매어 두었다고 생각했는데 어느 날 거기에 아집과 탐욕에 사로잡힌 불쌍한 늙은 자신이 묶여 있는 건 아닌지. 소를 잡았는데, 그 소를 다시 버려야 하는 데까지 이르지 못한 세상의 모든 혁명가들이여, 다시 고삐를 찬찬히 들여다보라. 무엇을 손에 들었다고 생각하는가.

'구시통'의 표준어는 '구유'다. 구유는 가축의 먹이를 담아 주는 큰 그릇이다. 예로부터 사찰에서는 구시 또는 구시통이라 불리었다. 화엄사에서 구시통을 보았다. 1천여 명이 넘는 승려들이 모여 대중 생활을 하는 사찰에서는 쌀을 씻는 데 사용하거나 법회 등 큰 행사 때 밥을 비벼서 내놓는 데 사용한 것으로 전해져 온단다. 처음 화엄사 어느 건물 모퉁이를 돌다가 우연히 구시통을 보았을 때, 나는 그것이 무슨 쪽배인 줄 알았다. 그렇게 큰 밥통이 있을 거라곤 생각도 못 했다. 천여 개의 밥숟가락을 들고 천여 명의 사람들이 밥을 떠먹는다고 생각하면 재미

있다. 인간이 가축과 별반 다르지 않음을 보여 주는 것이 아닌가. 어두워지는 하늘을 조용히 둘러보면 보인다. 하늘은 하나의 커다란 소 여물통, 인간은 거기 가득 담긴 별들을 꿈꾸며 우리에 누워 잠든다.

화엄사 범종각에 종이 울렸다. 저녁 일곱 시가 되어 갈 때, 세상의 모든 저녁을 향해 종이 커다랗게 입을 벌려 뭐라고 말하는 소리가 들렸다. 내리던 빗물들이 물고기처럼 파닥파닥 공중에서 지느러미를 흔들었다. 소리에도 여러 겹이 있다는 것을 알았다. 종소리의 한 겹을 열어 보면 은은한 녹차향이 나지만, 그 뒤에 오는 무수한 소리의 겹 안에는 무수한 글자들이 갇혀 있다가 빠져나온다. 저마다 날개를 달고 공중으로 흩어진다. 어떤 것은 소나무 가지에 가서 앉고, 어떤 것은 산 아래 집들에 내리기도 하지만 더 멀리 구례를 지나 해남 땅끝까지 가는 것도 있다.

'염화시중(拈華示衆)'이라는 불교의 일화가 있다. 어느 설법 자리에서 석가모니가 연꽃 한 송이를 들고 침묵하고 있을 때 거기에 모인 사람들은 아무도 그 뜻을 알지 못했으나, 십대제자의 한 사람인 가섭(迦葉)만이 그 뜻을 알고 미소 지었다. 그래서 석가모니는 가섭에게 자신이 죽은 이후 정법을 후대에 전하도록 부탁했다. 어느 날 역시 십대제자인 아난(阿難)이 부처가 전한 것이 무엇이냐고 묻자, 가섭은 "가서 깃대를 내려라"라고 답했다. 사원 밖에 깃대를 내리라는 말은 언설을 집어치우라는 뜻이다. 말을 하지 않고서도 그 장엄함과 숭고함에 푹 젖을 수도 있다.

범종각에 종이 울릴 때, 모든 미사여구 아름다운 말들이 입을 다문 채 다만 종소리 속에 향기가 되어 날아다닐 때, 세상의 자질구레한 온갖 거짓말들은 발아래 툭툭 떨어져 내릴 것이다. 텔레비전에, 신문에, 매일 나타나서는 근엄한 미소를 짓고, 온화한 표정으로 말을 하는 사람들이 있다. 나는 그들의 말에서 향기를 느낀 적이 한 번도 없다. 세상 모든 말들의 허구에 질린 사람이라면 화엄사 범종 소리에 몸을 맡겨도 좋다. 그리로 걸어가 보면 형상은 다 사라지고 숭고함만 피워 내는 꽃들이 지천이다.

화엄사 이야기를 접어야 할 시간이다. 여행은 끝이 없다. 그것은 인생 자체가 곧 여행이기 때문이다. 어떤 것을 보아도 흥미가 없고, 흥미 있는 것도 그 감동이 오래가진 않는다. 때가 되면 또 다른 곳으로 발을 옮겨야 한다. 인생을 나그네 길이라고 말한 것은 옳다. 그리고 그 말을 다시 곱씹어 보면 어딘가 조금은 아프다. 그러나 어딜 가든 잊히지 않는 몇 개의 풍경, 몇 명의 그리운 얼굴들이 있고, 그들을 주축으로 멀리 떠났던 발걸음이 다시 집으로, 고향으로 돌아오곤 하는 것이다.

나는 화엄사 각황전 석등을 일생 마음에 두고 살게 될 것이다. 언제든 이쪽을 향해 고개를 들고 추억을 떠올리게 될 것이며, 석등에서 퍼져 나가던 환한 빛을 보며 방향을 잡게 될 것이다. 단 몇 개의 풍경이 때론 한 사람의 전부가 될 수도 있다. 살면서 그런 소중한 풍경들을 더 많이 갖게 된다면 누구나 분명 행복한 사람이다.

오늘 다시 나는 여행을 준비한다. 남쪽은 석류가 익어 가고 있다. 무화과 열매가 반쯤 벌어져서 달콤한 향을 쏟아 낸다. 포도 농원에 가득 열린 포도송이들 사이로 벌들이 날아다닌다. 자전거를 탄 사람이 지나가고, 콧노래를 하면서 어린아이가 걸어간다. 구름은 낮게 산 아래까지 내려와 떠다니고 남쪽 어딘가에선 비 소식이 있다. 나는 걸어간다. 그리고 내가 마음을 주고 오래 바라보았던 꽃나무들을 생각한다. 오늘 떠나는 여행은 얼마나 오래 그곳에 머물게 될 지 잘 모른다. 더 멀리 갈 수도 있다. 그러나 불빛, 인생에서 등대의 불빛을 발견하는 사람은 결코 불행하지 않다.

나에게 쓰는 편지

최금진 씨, 당신의 시는 읽는 동안 내내 불편했습니다. 시어는 척박했으며, 이미지는 건조했고, 사유는 온통 부정과 폐허였습니다. 일상의 숨겨진 이면을 드러내는 것이 시의 역할이라고 할 때, 당신의 시는 어느 정도 역할에 근접해 있다고 할 수 있겠습니다. 그러나 그 은폐되어 있던 숲에서 발견한 당신의 건축물은 마치 무너진 고대의 도시를 연상시킵니다. 엉성한 화해나 평화를 부정하는 정신, 냉소적인 시선으로 세상을 비웃는 자세, 당신의 시는 숭고하나 그 섬세한 무늬와 조각들은 온통 폐허에 찌들어 있어서, 기이함을 넘어 두려움을 유발합니다. 무너진 고대 도시의 음산함이 숲과 강과 대기를 온통 검은색으로 삼키고 있는 광경은 공포스럽습니다. 그것은 밝음과 아름다움을 극단적으로 부정하는 편견의 장면이기 때문입니다.

그 사원의 전경에는 "편견에 빠진 나무"가 자랍니다. "제겐 아주 오래 씹어 먹을 수 있는 죄책감이 있"다고 말하는 나무는 고개가 한쪽으로 잔뜩 기울어 있습니다. 그리고 그 나무들의 편견, 나무들의 불행은 과거에 기인합니다. 그런 점에서 당신의 현재는 온통 과거로 가득 채워져 있는 듯합니다. 온전한 과거란 사실 없는 것이지요. 그것은 현재라는 체를 통해 걸러진 것이며, 햇빛과 바람과 그늘 속에 건조된 것들이므로 시에서의 과거 체험이란 온전히 과거 그 자체라고는 할 수 없지요. 그럼에도 불구하고 당신의 시들은 과거 경험들을 현재로 끌어들여 와 현재를 재조망합니다. 과거라는 거울을 통해 오늘의 불행한 풍경들을 바라보고 있다는 점만으로 당신의 시를 퇴행적이라 할 수는 없습니다. 오히려 당신은 과거 어느 시점에서 벌어진 상처들과 아직도 애도의 긴 과정을 진행시키고 있는 것입니다. "어느 날은 우리 집 안방에 앉아 아버지 노릇을" 하는 나무들을 위해 당신은 향불을 사르고 있는 것은 아닐까요.

당신이 언어로 지은 사원의 내실을 지나면 제사를 위한 은밀한 공간이 있습니다. 그 닫혀진 휘장을 열면, 누군가 방금 제물을 바치기 위해 불을 피워 놓은 듯한 흔적이 있습니다. 그는 당신이며, 당신은 애도하는 사람입니다. 당신의 불행은 아버지의 부재에서 기인하며, 아버지는 당신의 결핍입니다. "나는 죽은 아버지 함자를 까먹지 않기 위해/ 손톱을 세워 나무에다 새겨" 넣는 행위는 이러한 결핍을 방증합니다. '아비의 상실'은 당신으로 하여금 스스로 '아비 되기'를 강요하지만 당신은 언제나 아비의 모조품으로서만 존재합니다. "다행이라고 믿어 봤자 다, 다, 소용없다"는 절규는 강력한 결핍의 허기가 만들어 내는 괴성입니다. 이 사원에선 당신 자신이 제물로 사용되어지고 있다는 것을 당신도 아실 테지만요.

이러한 과거의 결핍은 현재의 결핍으로 이어집니다. 현재의 결핍은 스스로를 "루저"라고 칭하는 데서도 알 수 있습니다. 이 결핍의 주된 양상은 경제적·사회적·문화적 결여에 머물지 않고 인생의 총체적인 허무에까지 이릅니다. "더는 가고 싶은 길도, 펼쳐 보고 싶은 지도도/ 남아 있지 않다는" 절망은 무너진 당신의 삶 전체를 지배하고 있습니다. 당신이 세운 건물에 당신이 수인이 되어 갇혀 있는 이 현상은 사실입니까, 아니면, 당신이 만들어 낸 허구와 환상입니까. 폐허를 보다 폐허답게 만들기 위해, 당신이 의도적으로 배치하고, 과장하고, 조작한 허구라면 당신의 사원은 비교적 성공적이라 할 수 있겠군요. 당신 자신의 건강과 삶을 위해서도 그 편이 훨씬 더 낫다는 충고를 드리고 싶습니다.

우 뛰어난 기술자들입니다. 당신의 사원 후경에 사는 "바퀴라는 이름의 벌레"들은 당신의 가족 구성원이 아닙니다. "초등학교 학력이 전부인 아버지"와 "한강"의 주거 공간은 필요에 따라 조합해 낸 가짜 이미지들이죠. 사람들이 당신을 지칭할 때, '가난한 가족사'의 시인이라고 말하는 것은 잘못입니다. 누군가에게 하나의 꼬리표를 붙이는 것만큼 위험한 것도 없습니다. 나는 그런 점에서 당신의 시가 섣불리 '가난'의 이름으로 불리는 것을 경계합니다. '가난'은 당신이 건설한 사원의 동쪽 성벽에 새겨 놓은 무늬의 일부분은 될 수 있지만, 사원 전체가 될 수는 없기 때문입니다. 당신의 사원 성벽들에는 잃어버린 사랑이나 신에 대한 원망, 신화적 상상들이 기이하고 낯선 무늬를 이루고 있습니다.

「12월」이란 시에서는 "두 개의 불 꺼진 방"에 대해 말하고 있습니다. 서로 개별적으로 존재할 뿐, 영원히 하나가 될 수 없는 파편적 존재로서의 절망을 담고 있습니다. 「나는 날아올랐다」란 시에서, 당신은 "atmosphere"라는 주문을 사용하며 사랑의 상실에서 가뿐히 날아오르고자 합니다. 이때 사랑은 "눈먼 하나님"에 대한 기원과 "너"에 대한 갈망의 두 가지 방향으로 전개됩니다. "머리카락 농사"란 시에서, 사람들은 "누구나/한 마지기 머리카락 농사를 짓다가 가는" 존재로 등장합니다. 이 시는 머리카락이 가지고 있는 근원적이고 설화적인 이미지를 차용하고 있습니다. 당신의 사원 성벽들에 새겨진 무늬들을 보다 꼼꼼히 관찰하며 마지막 복도를 지나게 되면 비로소 사원 뒤에 펼쳐진 쓸쓸하고도 장엄한 노을을 마주 보게 될 것입니다.

최금진 씨, 당신이 배경으로 거느린 노을을 마주하고 서 있는 지금, 어쩌면 세상에서 가장 외롭고 쓸쓸한 한 사람의 일대기를 순식간에 관람하고 있는 느낌입니다. 폐허를 비유하고 절망을 상징하던 이미지들은 이제 이 저녁 장엄한 풍경에 젖어 들어, 그저 인생은 슬픈 것도 기쁜 것도 아닌, 사랑의 변증법이 만들어 내는 어떤 한순간인 것을 깨닫게 됩니다. 당신이 언어로 세운 사원은 그토록 많은 절망을 그리고 있지만, 실은 장엄과 숭고와 아름다움에 이르기 위한 구도의 과정이었음을 깨닫게 됩니다.

당신의 냉혹하고 건조한 시들에 대해 충고를 하려고 쓴 편지인데, 나는 결국 당신을 두둔하게 됩니다. 당신은 내가 아는 한 가장 진지한 사람이고, 그 진지함이 이끄는 대로 삶을 살아온 사람인 것을 아는 까닭입니다. 비판보다는 위로를, 충고보다는 사랑을 전합니다. 사원 내실에 세워진 거대한 청동거울에서 당신과 나를 만나는 저녁입니다. 사랑과 증오의 한숨이 가느다란 종소리처럼 어스름을 뚫고 숲을 향해 새어 나가고 있는 저녁입니다.

내가 읽는 나의 시

안녕하세요. 저는 시를 쓰는 최금진입니다. 지금 제가 있는 곳은 여관입니다. 원래 제가 시를 쓰는 저희 집 작은방에서 시를 낭송하고 싶었는데, 지금은 일 때문에 집을 나와 있고, 집과는 아득히 떨어진 곳에서 제 시를 읽게 되네요. 모텔이지만, 3평에서 4평 사이의 작고 허름한 여관방에 가깝고요, 싸구려 벽지와 붉은 조명등, 담배 냄새 잔뜩 밴 베개와 침구들 그리고 저는 텔레비전을 보고 있습니다.

저는 텔레비전을 아주 좋아합니다. 텔레비전은 비위를 맞출 필요도 없고, 격식을 갖출 필요도 없고, 인사를 하지 않아도 되죠. 어렸을 때부터 저는 밥을 먹을 때도 문을 꼭꼭 닫고 먹었어요. 누가 나를 보는 것이 싫었습니다. 중학교 때 선생님이 가정

방문 오셨는데, 안에서 문을 걸고 할머니께 제가 집에 없다고 하라고 부탁했던 것이 기억에 나네요. 사람들은 저를 대하기 어렵다고 하지만, 실은 저는 그리 까다로운 사람이 아닙니다. 다만 저는 사람들과 무엇을 맞추어 나가는 것이 힘들어요. 사람들의 관심과 웃음과 일상이 불편한 거죠.

오늘 제가 들려줄 제 시는 「착한 사람」이란 시입니다. 저의 소심하고 쭈뼛거리는 삶의 모습이 그대로 드러나 있어요. 그리고 전 앞으로도 이렇게 살게 될 거라 생각합니다. 혼자 있고 싶어 하고, 밖에 안 나가고 싶고, 죄를 짓고 싶지도 않고, 그냥, 텔레비전이나 보면서 조용히 늙어 가고 싶어요. 스무 살 무렵엔 어서 늙어 버리고 싶었고, 서른 살 무렵엔 제 속의 꿈, 욕망, 희망 같은 것들이 너무 힘들었어요. 이제 저는 별로 원하는 게 없어요. 사물이 되어 가고 있는 느낌 같은 거, 남자도 여자도 아닌 어떤 존재가 되어 가는 거. 원하는 대로 된 거 같지만 혼자 있으면 저는 거울을 아주 오래 봅니다. 거울 속의 내가 누군지 마침내 낯설어지면 그때 거울을 내려놓고 텔레비전을 봅니다. 좀 더 밝고 건강한 이야기나 위안을 들려주었으면 좋았을 텐데, 그러지 못해 죄송합니다. 제 시, 읽어 보겠습니다.

나는 착한 사람, 앞으로도 목적 없이 살아갈 것이다

당신이 말하는 종착점 같은 것은 없다

도피 중인 사람들은 나를 대하기 어렵다고 할 것이고
권위적인 사람들은 내가 의자로 보일 것이다
대화와 소통은 미개한 짓, 나를 도구로 사용한 흔적이
당신의 손에 돌도끼처럼 들려져 있지 않은가
한때 시간을 주머니에 넣어서 다닌 적도 있었지만
누굴 해치려는 게 아니었다, 몰래 버리기 위해서였다
투표도 하지 않을 것이다, 담배도 피지 않을 것이다
될 수 있는 한 많은 사람들을 흉보고 욕하고, 비난하면서
변명과 복수들을 차곡차곡 지폐처럼 모아
배를 한 척 사고, 진화의 역방향 쪽으로 배를 몰고 가겠다
주말엔 텔레비전을 보고, 될수록 잠을 많이 자고
제발, 나를 내버려 두라고, 그런 요구조차 안 하고
이불 속에서, 늙은 쥐처럼 눈 오는 창밖을 멀뚱히 훔쳐보고
책도 한 줄 읽지 않고, 무식하게, 형편없게, 무기력하게
학술회에서, 강연회에서, 술자리에서, 몰래 빠져나온 사람처럼
늙어 갈 것이다, 어떤 참회도 하지 않을 것이다
날 사랑한다면, 나를 죽여야 할 것이다
도둑질도 하지 않을 것이고, 카드빚도 갚지 않을 것이다
미친놈, 샌님, 또라이, 비관주의자, 암사내, 집짐승, 퇴보, 퇴보
나는 당신들이 날 두려워하지 않았으면 좋겠다
모른 체 눈을 감고 있을 테니까

나는 끝내 당신들의 살의를 발설하지 않을 테니까

—최금진, 「착한 사람」 전문

산꿩이 우는 저녁

이은규 시인과의 대담

이은규 투명한 가을입니다. 입고 오신 슈트 빛깔이 오늘 하늘 색을 닮아 멋져요. 이렇게 뵙게 되어 반갑습니다. 시인은 대기에 민감하다고 하는데, 평소 가을에 대해 어떤 계절감을 갖고 계신지요?

최금진 가을은 일교차가 커서 안개가 자주 끼는 계절입니다. 어릴 때 호수가 있던 마을에서 자주 안개 속을 돌아다녔던 기억과 '안개의 도시'인 춘천에서 4년 간 대학을 다니며 보았던 안개의 기억, 이 두 가지가 제겐 가장 선명한 가을의 이미지라고 할 수 있습니다. 사방에 하얗게 안개가 끼면 마치 어둠 속에 있는 듯한 공포감과 신비로움이 한꺼번에 교차하곤 하던 그 느낌이 참 좋았습니다.

이은규 가을과 안개 이야기 잘 들었습니다. 오늘 대담은 이전의 삶과 시를 (재)구성하는 방식을 통해, 이후의 삶과 시를 요청하는 데 초점을 맞춰 보려고 해요. 도래할 시를 염두에 두고 질문을 드리려고 합니다. 이를테면 삶 속에 있는 아직 시가 아닌 것을, 발견하는 자리가 되었으면 좋겠어요.

최금진 삶이란 오랫동안 '나'라고 믿어 왔던 정체성 같은 것을 스스로 무너뜨리고 배신하면서 성숙해 가는 것이라 생각합니다. 삶이 그렇게 변해 가듯, 시도 그렇게 자신을 배신하면서 태어나는 것이겠지요. 그러나 문제는 삶과 신념이란, 의도하지 않은 곳에서 마치 운명처럼 혹은 우연처럼 당도하는 것이고, 뭔가를 계획하고 의도해서 되어지는 것이 아니라는 데서 그 비극이 시작됩니다. 조심스럽게 제 삶의 뒤를 따라가 보며, 그 뒤에서 조용히 제 탄식과 한숨을 적어 보는 것이 시인이 할 수 있는 전부가 아닐까요.

이은규 아마도 전부이자 최선이겠지요. 삶, 나, 시, 운명, 탄식,

한숨 등의 단어에 귀 기울이게 됩니다. 이를 전제로 출발해 볼까요. 1970년 충북 제천에서 출생하셨어요. 네루다 시 중에 "나였던 그 아이는 어디 있을까? 아직 내 속에 있을까 아니면 사라졌을까?"라는 질문이 있지요. 어려우시겠지만, 이 질문에 대답해 주실 수 있을까요.

최금진 환각과 망상 속에선 '나'와 '너'가 하나로 합쳐집니다. 갈등과 절망은 오히려 잠잠해지고 부재와 결핍이 순식간에 나를 덧입고 나타나 내가 원하는 풍경을 만들어 냅니다. 그런 순간을 저는 "나였던 그 아이"로 기억합니다. 망상 속에서, 그 아이는 언제나 나를 사랑하며, 나를 향해 미소를 짓습니다. 비록 그것이 거짓일지라도, 인간은 그 속에서 꿈을 꾸다가 사라지는 것이 행복합니다. 제발 꿈에서 깨어나지 않길 간절히 바라던 그때, "나였던 그 아이"는 바로 제 옆에, 제 속에 함께 있었습니다. 망상이었으나 동시에 충만한 행복이었지요.

이은규 위의 질문에서 "나였던"을 지우고 "그 아이는 어디 있을까? 아직 내 속에 있을까 아니면 사라졌을까?"라고 질문한다면, 시인의 마음속에는 어떤 대상이 떠오를까요? 현재의 시인에게는 그와 관련된 시간의 풍경이 어떤 의미가 있을지 궁금합니다.

최금진 사랑했던 '그 아이'는, 중학교 1학년 어느 토요일 오후의 버스 안에서, 스무 살을 갓 넘긴 어느 봄날의 성경책 속으로 사라졌습니다. 생각하면 광기의 날들이었습니다. 신앙과 사랑 그리고 시와 함께한 날들이었고, 울면서 동시에 웃었고, 순수하면서 동시에 가장 추악했습니다. 사춘기 시절을 사랑과 신앙과 시에 온전히 미칠 수 있었던 것은 제 인생에서 가장 아프고 행복한 시간들이었습니다. 나이 마흔이 넘은 지금도 한 달에 한 번은 여지없이 꿈에 나오는 '그 아이', 어린 아들에게 밤마다 찬송가를 불러 주며 잠을 재우는 나, 날마다 시를 생각하는 나의 삶, 돌아보면 변한 것은 아무것도 없고 다만 시간만이 성급하게 지나갔을 뿐이라는 생각이 들곤 합니다.

이은규 몇 줄 문장에 담기에는 시인의 신앙과 사랑, 그리고 시에 대한 기억이 아득한 것 같습니다. 중요한 건 밤마다 아이를 다독이는 시인의 손길과, 날마다 시를 꿈꾼다는 사실이겠지요. 이어서 시와 시적인 순간이 있는데요. 시 이전, 그러니까 생애

최초로 시적인 순간과 마주했던 경험이 궁금합니다.

최금진 저는 이러한 시적인 기억들을 몇 개의 이미지로 말하곤 합니다. 제가 세 살 때 돌아가신 아버지의 등에 업혀 보던 달(이것이 사실인지조차 알 수 없지만), 여섯 살 때 강원도 정선으로 이사 가면서 보았던 코끼리, 어린 우리 남매를 두고 눈보라 속으로 사라지시던 어머니…… 이런 것들이 열 살 이전의 기억에 새겨진 영상들입니다. 그중 아버지 등에 업혀서 보던 달의 기억은 첫 시집에 실린 「월식」에 남겨 놓았습니다.

이은규 말씀하신 시 「월식」, 기억납니다. 아버지로부터 출발해 어머니와 첫사랑을 지나 다시 아버지로 끝나는 시이지요. 이처럼 과거에 대한 회상은 내면의 여러 미장센으로 이루어지는데요, 만약 시인의 청소년기를 영화화한다면 어떤 시나리오와 메시지를 구성하고 싶으신지요? 중심 장면을 들려주셔도 될 것 같습니다.

최금진 6년이 넘게 소녀를 짝사랑한 소년의 이야기를 구성할 수 있겠지요. 두꺼운 겨울 잠바를 입고 그 속에 시작 노트를 품고 있고, 얼어붙은 호수 건너편에 보이는 파란 대문 집을 하염없이 바라보며 눈을 맞는 소년이 있습니다. 그러나 이 영화는 처음부터 끝까지 소년 혼자만 나오게 될 것입니다. 제임스 조이스의 소설 「애러비」에 나오는 소년처럼, 그녀가 하는 모든 사소한 행동과 말들을 우주의 말씀처럼, 신의 계시처럼 마음에 간직하며 상처받고 그 신비한 힘에 탄식하는 소년이 등장하겠지요. 그리고 세계를 가장 의미 깊게 들여다보는 유일한 길은 '사랑'뿐이라는 것을 메시지로 남겨 볼까요. 그러나 이 모든 게 삼류 영화처럼 통속적일 것입니다. 게다가 사랑은 증언은 될 수 있지만 자랑이 될 수는 없습니다.

이은규 사랑, 증언, 자랑……. 아직도 소년의 시작 노트에는 눈이 내리고 있을 것만 같네요. 문득 「애러비」의 "나는 그녀에게 몇 마디를 제외하고는 아무 말도 하지 못했다. 아직까지 그녀의 이름은 마치 나의 어리석은 욕망에 대한 소환장 같이 여겨졌다"는 문장이 떠올라요. 그 후 춘천교대 입학과 졸업, 7년의 교편 생활 사이 이를테면 습작기에 떠올렸던 문장들이 궁금합니다.

최금진 1980년대 막바지에 이른 학생 시위는 제겐 그 진정성이 모호하다고 느껴졌습니다. 국가와 민중의 거대 담론을 함부로 들먹였으나, 정작 누구도 가난한 민중의 실체가 바로 자신과 자신의 부모란 점, 그 절박함에서 목숨을 걸고 싸울 만한 투쟁력이 그들에겐 없어 보였습니다. 시위대에 한 번도 참여하지 않았고, MT도 가지 않았고, 미팅도 하지 않았고, 아르바이트도, 동아리 활동도 하지 않았습니다. 그저 늘 해 오던 습관처럼 날마다 시를 쓰고, 날마다 성경을 읽고 날마다 기도를 했습니다. 그렇게 자취방에 숨어 대학 4년을 보냈습니다. 파스칼의 『팡세』를 좋아해서 몇 번 반복해서 읽었고, 성경을 5번 통독했습니다. 방학이 되면 서둘러 고향 집으로 내려가 새벽까지 책을 읽고 노트에 독후감을 썼습니다. 혼자 영화를 보고 책을 사기 위해 일주일에 한 번 시내에 나가는 것이 유일한 외출이었습니다. 파스칼의 『팡세』에서 "인간은 양극단의 무지에 서 있다", "어린아이는 죄가 없다는 말은 잘못이다. 어린아이는 악하다"와 같은 말들, 성경책을 읽으며 구원의 확신을 갖게 되었는데, 「이사야」「로마서」와 「요한일서」와 같은 신구약을 하나로 꿰뚫는 구원의 메시지를 발견하고 일주일 정도 자취방에서 기쁨과 속죄의 눈물을 쏟았던 기억이 있습니다.

이은규 단순한 독서 체험이라고 하기 어려운, 무거운 독서의 이력이네요. 등단 전 상당한 투고 경력(?)이 있었다고 들었습니다. 2001년『창비』제1회 신인상을 통해 데뷔하셨어요. 시 쓰기의 시작과 습작 그리고 등단 사이, 시의 흐름이나 변화 지점을 되짚어 보는 시간을 마련해 보았으면 합니다.

최금진 처음부터 시란 제게 삶을 그대로 중얼거리는 독백과 같은 것이었습니다. 말씀드린 대로, 첫사랑을 하면서 연애편지 형태로 쓴 것이 자연스럽게 나중에 시의 형식을 입은 것이기 때문입니다. 그러니까 제가 살아가는 삶의 이야기를 그대로 누군가에게 들려준다는 느낌으로 시를 썼습니다. 당연히 형식적으로는 세련미가 떨어졌고, 감정은 절제가 되지 않았습니다. 국문과나 문창과 수업을 받은 적도 없었기 때문에, 시골 서점에서 산 '문학 개론' 같은 책들은 실제 창작에 도움이 되지 못했습니다. 대학을 졸업할 무렵, 회사를 다니던 누나에게 부탁해서 타자기로 친 시가 150편쯤 되었습니다. 그걸 어떤 이상한 잡지에 투고해서 '등단'을 했는데, 그때가 25세였습니다. 타자기로 친 150편의 시를 모두 보냈고, 그 작품들이 저도 모르는 사이에 그 잡지에서 발표되고 있는 걸 나중에 알았습니다.

그 무렵 중앙 일간지 신춘문예와 지방 일간지 신춘문예, 월간지, 계간지마다 마구 투고를 했습니다. 그렇게 해서 32세에 '제1회 창비신인시인상'을 받기까지 100번도 훨씬 넘게 떨어지는 절망감을 맛보게 되었습니다. 재능이 없다고 생각했고, 재능도 없는데 욕망을 너무 많이 갖게 하신 하나님을 원망했습니다. 우울증, 자살 충동 등으로 갖가지 질병을 앓았고, 수면제를 150여 알을 사 모아서 가방에 넣고 다니기도 했습니다. 변화의 지점은 바로 그 무렵이었습니다. '시'라고 믿었던 시를 버리고 시가 아닌 '시'를 쓰자는 생각을 했고, 죽게 되면 죽자는 절박함이 있었고, 그런 절망에서만 태어나는 수사와 비유가 제 시에 가시처럼 돋아났습니다. 시 창작 법도 그때 처음 사 보았습니다. 하지만 지금도 마찬가지 생각입니다만, 시인은 결국 자신의 이야기를 자신의 방식대로 쓸 수밖에 없다고 생각합니다.

이은규 말씀하신 방식으로 창작된, 등단작 「사랑에 대한 짤막한 질문」에 관한 질문을 빼놓을 수 없습니다. "나는 당신의 무엇이었을까"라는 문장에서 시인의 사랑, 그러니까 질문하는 것으로밖에 대답할 수 없는 곤경이 느껴집니다. 조용한 소름의 구절인데요, 시적인 측면에서 위의 질문은 현재진행형이겠지요?

최금진 인간은 어쩌면 이 광활한 우주에서 신의 노리개가 아닐까, 그런 회의에 빠진 적이 있어요. 가장 절박할 때조차도 기도는 이루어지지 않았고, 어쩌다 이루어지는 그 우연한 행운에 울고 웃는 인간의 모습을 보며 하나님은 어떤 생각을 하실까, 그런 의심 말입니다. 등단작을 쓰던 당시에 저는 그런 상황이었습니다. 주위에 시를 쓰는 사람은 하나도 없었고, 물론 술을 안 마시는 사람도 없었고, 주일날 교회에 빠지지 않고 출석하는 사람도 없었고, 노래방에 가지 않는 사람도 없었습니다. 게다가 가족들도 제가 쓰는 시를 읽어 주지 못했습니다. 그 좌절감이 한꺼번에 몰려왔습니다. 강원도 산길을 밤새 미친 듯이 달렸고, 퇴근하고 집에 가지 않고 산과 들로 끝없이 걸어 다녔습니다. "나는 당신의 무엇이었을까"라는 질문은 가족들, 이웃들, 하나님…… 그 모두에게 보냈던 제 원망의 목소리였습니다.

이은규 신이 죽음에 대한 요청을 받아 주었다면 시인의 탄생은 이루어지지 않았겠지요. 그 시기에 등단을 하지 않았다면, 상황은 어떻게 되었을까요? 시인은 직업이 아니라 상태이다, 시를 쓰고 있는 순간 시인이다, 라는 말이 있지요. 실상 직업과 상관없이 시 쓰기는 이어졌을 것 같은데, 시인이 아닌 다른 직업을 꿈꾸신 적 있으세요?

최금진 제가 꿈꾸던 가장 좋은 직업은 기관사 혹은 매표원이었습니다. 왜냐하면 그들은 모두 독방 같은 곳에서 그 누구도 대면할 필요가 없는 사람들이니까요. 대학 시절과 직장 생활을 거치면서 혹독하게 사람에 대한 실망감이 생겼습니다. 하긴 지금도 저는 TV 보는 것을 가장 좋아합니다. TV를 보는 동안은 제 자신의 의식을 꺼 놓아도 되고, 또한 그 누구를 의식할 필요도 없기 때문이죠. 만약, 2001년 그 무렵에 등단하지 않았다면, 단언컨대 분명 저는 이 세상 사람이 아니었을 겁니다.

이은규 단언컨대 다행입니다. 그러한 과정을 거친 등단 이후 활발한 작품 활동이 이루어졌습니다. 첫 결실인 시집 『새들의 역사』(창비, 2007)는 문단 안팎에서 주목을 받은 시집입니다. 문학적 평가와 애정이 이어졌지요. 그간 중심적으로 언급되었던 '가족' 혹은 '가난'을 넘어 일종의 숨은 시, 혹은 시적 세계를 제안해 주실 수 있을까요.

최금진 등단을 한 후에는 오히려 신과 가족 그리고 제 자신의 신념을 배신한 가혹한 처벌이 따랐습니다. 등단을 한 32세 때부터 밖을 나돌면서 정말 지독히도 힘들었습니다. 그토록 원하던 등단은 아이러니하게도 신앙을 버리고, 가족을 버리고, 직장을 그만두던 바로 그해에 이루어졌습니다.(저는 지금도 그때 제가 하나님의 시험을 견디지 못했다는 죄책감을 갖고 있습니다.) 첫 시집에 따라붙은 '가난'의 코드는 이 모든 절망에 그저 덤으로 온 것에 불과했습니다. 다만, 밖을 싸돌아다니면서 '운명' 같은 것을 생각했습니다. 제 힘으로 어쩌지 못하는 주어진 운명 같은 것 말입니다. 그렇게 해서 일찍 요절한 제 친척들과 아버지, 돌아가신 할머니와 할아버지의 혼령들을 호출해 내게 되었고, 그것이 첫 시집에 반영된 것입니다.

이은규 '운명'에 대한 자의식과 그 대면의 흔적이 느껴집니다. 첫 시집은 제1회 '오장환 문학상' 수상의 영예를 안겨 주었습니다. 이 사건(?)은 시인의 기억 속에서 어떠한 동력으로 자리 잡고 있을까요. 더불어 최근 스스로에게 상을 수여한다면, 어떠한 상을 주고 싶은지도 함께 질문 드리겠습니다.

최금진 오장환 문학상은 정말 뜬금없는 행운 같은 것이었다고 생각합니다. 수상하던 2008년엔 전 재산이었던 전세 6,000만 원을 한 푼도 건지지 못하고 거리로 내쫓기던 해였습니다. 작품을 뽑아 주신 심사 위원인 신경림 선생님, 김사인 선생님, 그리고 첫 시집을 내기까지 많은 도움을 주신 이시영 선생님께 큰 은혜를 입은 거라고 생각합니다. 가끔 잠자리에 누워 생각하다가도 문득 그 일이 참 고맙고 감사해서 울컥할 때가 있습니다. 그 위로에 힘입어 정말 열심히 살았습니다. 새벽 3시에 잤고, 누구보다 열심히 일을 했고, 4년 간을 서울로 오르내리며 버스에서 시를 썼고 대학원 박사 과정까지 마쳤습니다. 제 자신에게 어울리는 상은 근면상, 개근상 같은 종류의 상이 아닐까요.

이은규 스스로에게 주는 근면상이라 더 의미가 있겠는데요. 그간의 고단함이 묻어나는 답변이기도 합니다. 그런가 하면 오장환 시인은 「나 사는 곳」에서 "함께 간다./ 함께 간다./ 어듸선가 그대가 헤매인대도/ 그 길은 나도 헤매이는 길."이라고 위로하기도 하지요. 다음은 문인과의 문학적, 사적 교류에 대한 이야기가 궁금합니다.

최금진 교류라고 할 만큼 마음을 열고 가깝게 지낸 이들은 딱히 없습니다. 비밀이란 언제나 말하지 못하기 때문에 비밀이 될 수 밖에 없는 거니까, 누군가와 나눌 수 있다는 건 비밀이 될 만한 가치가 없는 거겠죠. 저는 꽤 오래 자신을 닫아걸고 살았기 때문에, 오히려 혼자 있는 것이 행복하고 편안합니다. 멍하게 창밖을 보며 시간이 흐르는 것, 차가 지나가는 것, 사람들이 떠드는 것을 지켜보는 나 자신을 좋아합니다. 중학교 땐 김소월을 좋아했고, 고등학교 땐 한용운, 윤동주 같은 시인을 좋아했고, 대학교 땐 최승호, 김기택, 기형도를 좋아했습니다. 등단 이후 미친 듯이 헤매고 살 때, "여기서 뭐하고 있느냐?"고 저를 일깨워 주신 분과의 인연으로 대학원에 진학하면서 그래도 많이 사회화되고, 좋은 사람들을 만나고 있습니다.

이은규 말씀하신 비밀과 홀로 있음은 시의 전제 조건이 아닐까 해요. 닮은 듯 다른 시인들의 이름도 반갑습니다. 그럼 다음 질문으로 넘어가 볼까요. 모든 수축과 팽창 사이에는 엄청난 적대적 긴장이 자리하고 있는데요, 첫 시집 출간 이후 시 세계는 어떠한 방식과 흐름을 향해 나아갔는지, 그 고투의 흔적들을 따라가 보았으면 합니다.

최금진 첫 시집은 정말 하고 싶은 얘기를 마구 써 댄 것이고, 두 번째 시집은 문단 시스템의 보이지 않는 검열을 의식하며 쓴 시집입니다. 내년에 저의 세 번째 시집이 나오게 될 것인데, 세 번째 시집은 지금 현재 제가 살아가고 있는 고투의 흔적들을 그대로 담고 있습니다. 저는 수축과 팽창이라는 말보다는 상승과 하강이라는 말로 제 시의 높낮이를 조절합니다. 좀 더 가볍게 혹은 좀 더 무겁게 높이를 조절하면서 웃음과 눈물의 경계를 끌어가고 싶습니다. 앞으로 이런 조절 능력을 갖추는 것이 과제라면 과제일 것입니다.

이은규 '웃음과 눈물의 경계'가 담길 시편들 응원하겠습니다. 이번에는 창작자, 비평가, 독자의 이야기를 해 보려 합니다. 현 시대의 한국 문단에 대해 목소리를 낸다면 어떤 부분에 초점을 두고 접근하고 싶으신지, 그러한 내용이 시인의 시 창작에 미치는 영향력이 있다면 그 면모가 궁금합니다.

최금진 시인은 언제나 '바로 보는 사람'이어야 한다고 생각합니다. 이것은 현실을 반영하는 시의 정치성뿐만 아니라 창작자의 양심에 관한 문제이기도 합니다. '좋은 시'와 '나쁜 시'라는 구분법보다는 '바로 보는 시'와 '바로 보지 못하는 시'의 구분이 더 요구되는 시대가 아닌가 하는 생각이 듭니다. 시를 쓰는 창작자의 입장에 있어서, 정말 제대로 보면서 시를 쓰는 건지 의심이 들 때가 한두 번이 아닙니다. 참신함과 새로움은 문학에 있어서 언제나 당연한 요구이며, 이에 더하여, 가치 있는 것, 일깨워 주는 것, 감동을 주는 것 또한 당연히 요구되어져야 합니다. '재치'와 '가치'를 같은 개념으로 묶어서 보려는 이상한 시도 또한 '바로 보기'의 양심을 의심하게 합니다. 그러나 다양한 층위에서 다양한 노력으로 각자 분투하며 앞으로 나아가게 될 것이고, 그것이 문학의 풍요로움을 가져다줄 것임은 분명합니다.

이은규 창작자의 양심에 대해 생각해 보게 됩니다. 더불어 진정한 의미에서의 풍요로운 문학에 대해서도요. 그런가 하면 수많은 시집들 중 소중함을 내장하고 있는 두 번째 시집 『황금을 찾아서』(창비, 2011)에서 '요설의 미학'을 발견하는 시선들이 있습니다. 시인이 볼 때 이런 화법의 사용과, 시집의 중심적 메시지는 어떤 식으로 연관되어 있을까요?

최금진 요설의 미학이라 할 때 '요설'이란 말 자체가 이미 안 좋은 평가를 가정하는 말이라서 듣기 거북합니다만, 위에서 말한 대로 두 번째 시집은 4년 간 주 2회씩 대학원을 오가면서 쓴 시들입니다. 직업인으로서, 가장으로서, 학생으로서, 시인으로서 정말 정신없이 살아왔고, 자투리 시간을 모아 모아서 쓴 시들입니다. 인터넷 창을 띄우고 생각나는 것을 무조건 다 타이핑하고 저장한 후, 다시 고치고 고쳐서 쓴 것입니다. 시의 완성도를 따지기 전에, 그런 각박한 상황에서 쓴 것이라, 두 번째 시집을 바라보는 제 자신이 좀 짠하고 안타까운 마음을 갖고 있습니다. 화법이니, 방법론이니 하는 격식은 어울리지 않습니다. 악전고투의 재현이라고 읽어 주시면 좋겠습니다.

이은규 '요설'에서 '미학'을 발견하려는 시선이라고 생각됩니다. 시인의 입장에서는 전달 방식 이전에, 악전고투의 시적 재현이라는 측면이 강했군요. 관련해서 리얼리즘/모더니즘이라는 문학의 양대 축에 대한 견해와 앞으로의 시의 방향성에 대해 자유롭게 풀어 보았으면 좋겠습니다. 구분을 위한 구분이 아닌, 길항하는 에너지의 측면에서 생각해 본다면 흥미롭겠지요.

최금진 "절망이 기교를 낳는다"는 시인 이상의 말과 "동무여 이제 나는 바로 보마"라고 했던 시인 김수영의 말을 합치면, 온몸으로 삶을 살아가는 치열함에서 시의 기교는 태어나는 것이며, 시는 이 '바로 보기'의 태도와 실천이라고 말할 수 있겠습니다. 길항이 아니라 분열을 통합하려는 몸부림에서, 그런 적응력으로서의 시를 생각합니다. 이미 절망 속에 빠진 자가 그 절망에서 자신을 구원하려는 몸부림을 통해서만 시가 기교를 얻는 것이라면, 리얼리즘이나 모더니즘 모두 어떤 자세로서의 '리얼리티'가 필요한 것이 아닐까요.

이은규 이상의 탄식과 김수영의 선언 그리고 '리얼리티' 규정이 인상 깊게 다가옵니다. 이어서 늘 부지런한 발표 활동을 보여주고 계신데, 최근 발표작 중 「우리 집 사랑의 내력」(『딩아돌하』, 2013.여름)을 보면 "제발 사랑을 하자"와 "말도 안 되는 사랑이 온 것이다" 사이의 간극에 주목하게 됩니다.

최금진 우리가 생각하는 사랑은 다만 개념으로만 존재하는 것입니다. 행복의 이상과 그 느낌을 저마다 알고는 있지만, 현실에선 한 번도 구현되지 않습니다. 이 틈과 이 간극에서 균열과 갈등이 발생하는 것입니다. 가족 속에서든, 사회 속에서든 이 균열을 들여다보는 사람은 불행합니다. 최근 제가 쓰는 시는, 현실 속에서의 이런 균열을 소재로 합니다. 특히, 가족의 관계는 이런 특징을 잘 반영합니다. 서로 사랑을 하는 사이이면서 늘 갈등이 존재하고, 그 갈등을 다시 봉합하여 공동의 목표를 향해 삶을 끝없이 밀고 나가면서 또 갈등이 벌어집니다. 다시 안 봐도 되는 사람들이 아니기에 상처를 끌어안고 있는 거지요. 세 번째 나올 제 시집에서 저는 이 틈을 주목하고 있습니다.

이은규 모든 관계의 '틈'에 관한 시적 통찰이 그려질 시집 기다리겠습니다. 만약 '시'에게 '시'가 무엇일까 질문한다면 어떤 대답이 들려올까요. 과거 한 지면에서 "짧은 기도, 욕설, 탄식…… 이런 것들로 이루어진 감탄사 같은 것이 시일 것"(『시사사』, 2012.5-6)이라고 대답하시기도 했습니다. 시인을 향해 오고 있을 시에 대해 비유를 해 주셔도 좋고요.

최금진 시에게 시를 묻는다면, 아마도 시란 놈은 제 모습을 감추고 숨겠지요. 그리고 어둠 속에 희미한 목소리로 한때 사랑했던 소녀의 목소리로, 돌아가신 아버지의 목소리로, 제게 갖은 욕설을 하겠지요. 저는 귀를 틀어막고 황급히 달아날 거고, 시란 놈은 제 존재를 끝내 들키지 않은 것에 만족하면서 킬킬거리겠지요. 한때, 시는 한숨이나 욕설처럼 짧은 순간 재빨리 나타났다가 재빨리 사라지는 어떤 절박함 같은 거라고 생각했습니다. 지금 이 질문에 다시 답을 생각해도 별로 변한 게 없네요. 한숨이나 탄식처럼 한순간에 완성되었다가 사라지는 것이 시가 아닐까요.

이은규 그 사라짐이 언젠가 시 너머를 보여 주겠지요. 벌써 마지막 질문을 드려야 하는 시간인데요, 무엇보다 '나' 자신은 문학에 있어 소재이자 주제, 혹은 출발이자 도착이 아닌가 합니다. 시인 스스로 생각하는 '나'와 생의 열망과 허무의 이중주가 어떤 악장을 구성할 거라고 생각하시는지 궁금해요.

최금진 '나'를 '사물'로 바꾸어 놓고, 그것을 제삼자의 눈으로 지켜보는 것이 제 과제입니다. 너무 지나친 '나'와 너무 부족한 '나', 과잉과 결핍의 '나'를 어떻게 적절한 거리 두기를 통해 구현해 낼 수 있는가, 그것이 문제입니다. 그러나 결국 그 출발과 도착 또한 '나'라는 것은 언제나 재미있는 일입니다. 어딘가에서도 위로받을 수 없을 때, 내가 나를 위로하는 방식이 시라는 것을 잘 아니까요. 지나치게 많은 '나'를 받아들이고 그것을 시로 옮기는 것은 제 삶에서 얻은 가장 소중한 위로입니다.

이은규 뭉클해지네요. 뜻 깊은 시간, 감사드립니다. 고맙습니다. 멀리서 가까이서 늘 건필하시길 바랄게요.

허정 평론가와의 대담

허정 대담에 응해 주셔서 감사합니다. 늦었지만, 작가와 평론가를 대상으로 실시한 한 설문 조사에서 '2007년 가장 좋은 시집'으로 선정된 점을 축하드립니다. 시를 읽은 느낌, 바람과 섞어 몇 가지 두서없는 질문을 드리겠습니다.

시인은 『새들의 역사』에서 가난으로 인해 암울한 삶을 살고 있는 사람들을 그리고 있습니다. 돈 때문에 싸움이 끊이지 않는 아파트 구성원, 콩팥과 피라도 팔아야 할 상황에 내몰린 사람, 태풍 치는 듯한 현실에 맨몸으로 노출된 구직자 등. 이들은 마치 해저, 땅속, 무덤 속에서와 같은 삶을 살아가고 있습니다. 나아가 시인은 웃음을 매개로 가난이 심리적인 영역까지 파고드는 지점을 미시적인 시선으로 포착해 내고 있습니다.

이들 시에서 시인은 분명 가난한 이들의 편에 서 있음을 짐작할 수 있지만, 시인은 그들을 따뜻한 시선으로 위무해 주거나 그 삶에 희망을 부여하지 않고 있습니다. 시 속에서 현실의 어두운 면을 정밀하게 직시하면서도 따뜻함이나 희망을 제거하고 냉소적인 태도를 고집하고 있습니다. 그 이유는 무엇 때문인지요? 그리고 섣부른 감정 노출을 자제하고 냉랭한 현실을 객관적으로 묘사하는 이러한 시작법에 영향을 준 작가나 작품은 있는지요?

최금진 토마스 제퍼슨은 "이해 불가능한 명제에 맞설 수 있는 유일한 무기는 조롱이다"라고 말했습니다. 그것이 종교의 맹목적인 무지를 비난하는 말이라 해도 여전히 '이해 불가능'한 상황에 대면하는 사람들에게 '조롱'은 통쾌한 복수일 것입니다. 작가의 풍자 정신도 그에서 비롯된 것일 테고요. 어떤 사회제도로도 극빈한 개인의 불행을 치유하지 못하는 신자유주의 시대에 따뜻함과 희망을 말하는 건 잘 닦인 포장도로를 보는 것 같겠지만 그건 섣부른 일반화에 불과할 것입니다. 눈에 띄지도 않는 약하고 미미한 존재들을 깔아뭉개고 그 위에 진보와 발전의 포장도로를 놓으려는 사람들에게 절망의 나락과 현실의 섬뜩한 암흑을 보여 주는 것이 잃어버린 균형을 조금이나마 바로잡는 일이 아닐까요.

'객관적 묘사에 영향을 받은 작가'라는 질문의 단서에 한정을 두지 않는다면 제게 자양분이 되어 준 좋은 작가와 작품은 매우 많습니다. 이십대엔 기형도와 최승호, 윤동주와 헤세, 파스칼, 이문열, 김기택, 보들레르, 황동규와 이성복을 좋아했습니다. 그리고 성경을 읽었습니다.

허정 한편 시인은 그 가난이 과거로부터 이어져 온 뿌리 깊었던 것임을 부각시키고 있습니다. 「최씨종친회」「여기에 없는 사람」「가난한 아버지들의 동화」「다들 어디로 가나」 등을 보면, 조상은 빼빼 말라 있으며 돈이 없어 죽은 형상을 하고 있습니다. 그런 면에서 『새들의 역사』는 가난이 윗대로부터 세습되는 가난의 계보학을 보여 주는 것으로 보입니다. 그 가난이 대물림된 것임을 부각시킴으로 인해 가난의 무게를 더욱 가중시키고, 계층 이동이 차단된 한국 사회의 모순, 즉 자유경쟁이라는 명목하에 자본력을 가진 사람들만이 부를 세습하고 자본력이 없는 이들은 대를 이어 빈곤의 재생산 속에서 허덕이는 현실의 모순을 선명하게 부각시킬 수 있었습니다.
그러나 그러한 결합으로 인해 다소 애매해지는 지점도 있는 것 같습니다. 시인은 가난의 원인을 사회 현실에서 찾기도 합니다.(평범한 국민에게 바라는 것을 한 번도 준 적 없는 국가에 대한 혐오가 그러한 예에 해당합니다). 그러나 그러한 시각은 단편적이고, 가난의 주원인으로 자리하는 것은 과거 자신의 가족사입니다. "열성인자를 물려받고 태어난 웃음은 어딘가 일그러져/ 영락없이 잡종인 게 들통난다" 또는 "가난한 아버지와 불행한 어머니의 교배로 만들어진"이라는 「웃는 사람들」의 구절은 이를 잘 드러냅니다. 즉 조상들이 가난했기에 그 유전자를 이어받은 자신도 그렇게 될 수밖에 없다는 것인데, 이는 그 가난을 어찌할 수 없는 운명론적인 것으로 수용하고, 그 모순을 희석시키고 있다는 느낌이 강합니다. 이러한 사유 틀은 과거에서부터 현재까지 요지부동으로 이어지는 가난에 대해서는 설득력을 더할 수 있겠지만, 현실에 대한 대응이나 나아갈 방향에 대해서는 다소 무력해지지 않을까 생각됩니다. 이에 대해서는 어떻게 생각하시는지요? 혹시 제가 잘못 읽거나 건성으로 읽은 부분이 있으면 지적해 주십시오.

최금진 저는 자신의 삶을 이해하고 질문하며 탐구해 나가는 과정을 '시업(詩業)'이라고 생각합니다. 때문에 모든 작품은 자신을 위로하거나 반성하는 것에 집중된 것이며, 다소 극단적으로는 그것 말고는 별다른 관심이 없다는 뜻이기도 합니다. 편의상, '첫 시집을 낼 무렵'이라는 한 시점을 가정하고 쓰겠습니다. 첫 시집을 낼 무렵, 의지나 생각과는 전혀 다르게 풀려 가는 제 인생에 대해 혼란스러웠습니다. 구구절절 다 기록할 수는 없지만 혼돈과 어둠 속을 가로질러 간 질문은 '나는 누구인가?'였습니다. 무엇보다 제 자신을 바르게 이해하는 일은 과거를 돌아보는 것이라 믿었습니다. 개인적인 가난이나 불행 그리고 혼돈은 마치 프랙탈(fractal) 모형처럼 순환성을 가지고 있으며 부분과 전체, 개인과 사회 역시 혼란스러워 보이는 무질서 속에서 나름대로 어떤 규칙성을 갖고 있었습니다. 저는 그것을 '운명'으로 이해했습니다. 의지와 의지가 충돌하면서 불규칙적인 절망을 쌓아 가는 동안 전체적으로 제 인생은 '운명'의 규칙적인 틀에 의해 질서를 이루고 있었던 것이었습니다. 겉으로는 불규칙해 보이고 이해할 수 없는 사회현상에서조차도 자세히 관찰해 보면 어떤 법칙성을 찾을 수 있는 것이고 그것을 하나의 '사회적 운명'으로 이해했습니다. 그러니까 첫 시집은 제 자신과 저를 둘러싸고 있는 것들에 대한 탐구로 봐 주셨으면 합니다.

허정 『새들의 역사』 4부는 고향을 배경으로 한 유년 시절이 설화적 세계로 펼쳐져 있습니다. 그런데 이 세계는 주로 성숙한 남정네들이 떠나고, 여성들 위주로 꾸려져 있습니다. 과연 이 공간의 의미는 무엇일까요? 그곳은 자본주의 현실을 벗어나 있으며 현실의 결핍을 부각시키는 원초적 공간인가요? 그러나 그렇게 보기에는 그 속의 결핍 역시 많습니다. 아니면 그곳은 자본주의 현실이 잃어버린 신성이 간직된 공간인가요? 그렇게 보기에도 신성끼리의 대립, 어머니와 할머니를 대립 축으로 한 기독교와 토속신앙 사이의 대립이 심합니다. 그렇다면 가난과 불행이 형성된 유년, 즉 지금의 자신이 형성된 배경을 보여 주는 것인가요? 아니면 새처럼 떠나고 싶을 때 떠날 수 있는 자유라도 가진 남성들(그런 면에서 이 시집의 제목은 상당히 남성중심주의적입니다)과는 다른 삶을 살아야 했던 여성들의 역사(새마저 되지 못한 이들의 역사)를 모계사회라는 이름 아래 보여 주고 있는 것인가요? 아니면 그 모든 것의 총체인가요? 여하튼 질의자의 깜냥으로는 그 의미가 쉽게 파악되지 않습니다. 이를 시집 4부에 대폭적으로 배치시켰던 이유는 무엇인지요?

최금진 제 유년의 세계는 귀신이 있다고 믿어지는 세계였으며, 아버지는 죽어서 새가 되었고 당신의 기일에는 새 발자국을 쌀 위에 찍으며 온다고 믿어지는 그런 세계였습니다. 죽은 사람들에 대한 슬픔 혹은 가난한 삶을 수용하고 받아들이기 위해 창조되어진 '거짓'일 수도 있겠지만 결핍의 세계를 사는 사람들이 현실을 이기며 살아가는 또 다른 현실의 대응이라고 생각합니다. 그런 점에서 『새들의 역사』는 유난히 죽은 사람들이 많았던 저의 유년과 그것을 극복하려는 가족들과 친척들의 역사이며 동시에 모든 주술과 설화를 사실로 받아들이는 '마술적 사실주의' 같은 개념으로 이해할 수 있다고 생각합니다. '나는 누구인가'

에 대한 질문의 종점에서(어떻게 보면 출발점이기도 한) 늦은 시각 막차를 기다리고 있는 안개 같은 유령들은 모두 가난한 가족들과 친척들이었습니다. 그들과 만나는 것이 곧 저를 이해하는 일이기도 하고요.

허정 요즘 저는 '인간이란 무엇인가'를 고민하고 있습니다. 그래서 그런지 『새들의 역사』에 나타난 인간에 대한 규정이 눈에 띄더군요. 인간은 자살해서는 안 되는 존재, 부정하는 존재로 규정되고, 배고픔을 달래려 꽃을 따먹고는 인간 아닌 존재가 되기도 하고, 할머니는 승냥이나 백여우로 변신하기도 합니다. 이런 대목들을 읽으면서 시인도 '인간에 대해 고민하고 있구나' 하고 느꼈습니다. 개인적인 질문이 될 수도 있는데, 실례가 되지 않는다면 시인이 생각하는 인간이란 어떤 존재인지 한 말씀 들을 수 있을까요?

최금진 묘하게도 이 질문에서 앞에서 말했던 모든 이야기들이 딱 요약되는 느낌입니다. 인간이 어떤 존재인지에 대해 정답을 아는 것은 불가능하겠지요. 파스칼이 말한 "인간은 양극단의 무지에 있다"라는 말을 좋아합니다. 무한히 넓은 우주의 바깥과 지극히 작은 미립자의 세계 그 안쪽에 대해 모르는 상태에서 인간은 그 무지의 영역을 상상으로 채워 갑니다. 이러한 무지의 세계 앞에서 인간이 실존적으로 택할 수 있는 방법은 딱 세 가지라고 생각합니다. 하나는 자살이며, 하나는 회개, 그리고 또 하나는 꿈꾸기. 한때 종교에 미치도록 빠져 산 적도 있었으며 허무 속에서 술에 빠진 적도 있었습니다. 그러나 이것이 꿈이라면, 만져지지 않는 세계라면 차라리 꿈을 꾸는 것이 나을 것이라는 생각을 합니다. 인간의 존재를 한마디로 말하는 것은 어려운 일이지만 제 자신이 어떤 사람으로 살아갈 것인지를 말하라고 한다면 저는 '몽상하는 인간'으로서의 존재를 유지하고 싶습니다.

허정 「작가 산문」에 시인은 앞으로 자신을 오래 지배하고 있는 과거의 영향력으로부터 벗어나는 연습을 할 것이라고 했습니다. 그러면서 자신을 '태양인'이라고 하고 있습니다. 이 선언은 시인의 향후 행보를 함축하고 있는 중요한 말인 것 같습니다. 역시 「작가 산문」에서 자신의 시가 타협하지 않는 불과 칼을 닮아 본성을 있는 그대로 드러내고 독자들에게 두려움을 주었으면 좋겠다고 했는데, '불과 칼' 역시 '태양인'과 같은 의미로 읽힙니다. 앞으로의 행보를 지켜보면 차차 깨달을 수도 있겠지만, 지금으로서는 그 의미가 아직 흐릿하게만 다가옵니다. '태양인', '불과 칼'이 어떤 의미를 지닌 것인지 말씀해 주실 수 있겠는지요?

최금진 앞서 말한 대로 시 쓰기는 자신과 자신을 둘러싼 세계를 탐구하는 일일 것입니다. 제가 태양인이라는 것을 의미 있게 생각한 것은 그것이 곧 나를 이해하고 탐구하는 또 다른 도구이기 때문입니다. 유년기 남자아이들이 대개 그렇게 놀았겠지만 저 역시 '불과 칼'을 갖고 놀았던 기억이 있습니다. 그런데 어떤 기억은 희미해지지 않고 오히려 점점 더 강해져서 그것이 마치 어제 일인 듯 삶의 배경을 차지하는 것도 있습니다. 방 안에 목검 세트를 사서 진열해 놓거나 관광지에서 쓸모도 없는 대나무 칼 따위를 사들이는 이상한 취미는 아마도 기억 저편에 있는 혹은 현재의 나를 간접적으로 드러내는 행동일 것입니다. 얼마 전에 우연히 한의원에서 알게 된 태양인 체질이 칼과 불의 속성으로 연결된 것도 그것 때문이고요. 태양인은 뜨거운 화기로 인해 자칫 세상을 함부로 살거나 혹은 그 정열을 제어해야 하는 사회에서 영원히 자신을 유배시키고 살아가기도 합니다. 온몸에 불을 붙인 칼처럼 살아가고 싶습니다. 그러나 그런 뜨거운 불을 내면에 담아 두고 꺼내지 못하는 괴리에서 오히려 시는 담금질한 칼처럼 예리하게 될 것을 믿습니다. 때문에 저는 내면으로의 도피와 현실에서의 싸움, 그 중간에서 처절하게 제 시가 태어나기를 바랍니다.

허정 『새들의 역사』에서 가장 인상 깊은 점은 진창과 같은 삶 속에서 꿈틀거림을 포기하지 않는 의지입니다. 「끝없는 길」에서 지렁이가 "관짝"과 같은 땅속의 고통에 진저리치면서도 생명을 포기하지 않고 꿈틀거리는 의지를 보이는 것, "잘린 손목의 신경 같은 본능만 남아/ 벌겋게 어둠을 쥐었다 놓"았다 하는 그 꿈틀거림을 포기하지 않는 것. 하찮아 보였던 지렁이의 꿈틀거림 끝에 드디어 땅속에는 피가 돌게 됩니다. 그래서 저는 그 꿈틀거림이야말로 이 시집이 뻗어 나가야 할 중요한 방향으로 적극적인 의미를 부여해야 할 부분이라고 생각합니다.

그런데 저는 시인이 벗어나고자 하는 '과거'가 그 꿈틀거림에 더욱 힘을 실어 줄 수 있다고 생각합니다. 가령, 「천 개의 손」에서 자살하려는 '당신'을 붙들고 있는 보이지 않는 어머니는, 시인의 어법을 빌어 표현하자면 '당신'을 형성해 온 과거입니다. 그 과거는 당신과 함께하며 폭력적인 현실에 상처 입은 왜소한 자아의 죽음을 가로막고 있습니다. 그리고 당신이라는 존재를 진절머리 나는 현실에서 꿈틀거리고 살아가게끔 해 줄 것으로 보입니다.

앞서 시인은 과거의 영향력으로부터 벗어날 것이라고 했는데, 저는 그 과거를 모두 내치지 말았으면 합니다. 그 과거가 현실과 절연된 채 행복한 망각이나 나르시시즘을 고취시키는 것에 그친다면, 현실의 표면 현상을 설명하는 것에 반복적으로 소모되고 있다면, 그것은 버려도 되지 않을까 생각합니다. 그러나 시인이 나아가고자 하는 방향에서 현재적 의의를 이끌 수 있는 과거라면, 그것은 적극적으로 끌어안아야 하지 않을까 생각합니다. 그것이 시 세계의 연속성을 이어가고, 시 세계를 더욱 정치하게 확장해 가는 방법이 아닐까 생각합니다. 이것은 저의 소박한 바람입니다.

최금진 그렇습니다. "역사는 현재와 과거와의 끊임없는 대화"라는 한 역사학자의 명제를 생각해 보면, 한 개인의 역사라는 것도 결국 누적된 과거의 체험과 오늘날의 경험 사이를 넘나드는 자아 성찰의 모습에 다름 아닐 것입니다. 과거란 나무의 그림자와 같아서 그것이 어둡고 깊은 그림자를 드리울수록 나무의 잎과 가지와 열매가 풍성함을 발견하게 할 것입니다. 다만, 체험의 영역을 넓히지 못하고 자기 복제를 반복하는 길은 걷고 싶지 않습니다.

허정 「새들의 역사」에서 새에 비유된 최씨 가문의 남자들은 대처로 떠돌아다닙니다. 화자 역시 30대 후반까지 정착하지 못하고 떠돌아다닌 것으로 나옵니다. 실제로 시인 역시 여러 곳을 옮겨 다니다가 지금은 광주에 정착하고 있는 것으로 알고 있습니다. 여러 곳을 부유했던 지난 삶의 이력이나, 지금 살고 있는 광주에서의 생활, 앞으로 또 다른 곳으로 정처를 옮길 계획이 없는지 궁금합니다.

최금진 사주에 역마살이 있다는 말을 들었습니다. 지나고 보니, 그렇게도 이해할 수 없었던, 밖으로 나돌고 싶어 하는 갑갑증의 원인이 분명하게 이해가 되었습니다. 한 5년 정도 싸돌아다녔고 내년이면 마흔입니다. '행동은 평범하게 마음은 비범하게'라는 이율배반적인 모순을 자식처럼 끌어안고 살고 싶습니다. 광주에서 40여 분 거리에 '화순'이라는 곳이 있습니다. 제 본관이 화순인데, 화순을 가까이에 두고 사는 것만으로도 제가 모태로 돌아온 듯한 생각이 듭니다. 화순 어딘가에 있다는 최씨 집성촌 같은 데를 한번 가 보고 싶습니다.

허정 서투른 질문들 때문에 미처 다하지 못했던 말씀이 많을 겁니다. 자유롭게 말씀해 주십시오.

최금진 시를 쓸수록 그것이 자꾸 욕망과 허영을 동반하는 것을 봅니다. 시를 잘 쓰고 싶은 욕망과 사람들 앞에서 그 시가 인정받기를 바라는 마음은 결국 동일한 건지도 모르겠습니다. 문학은 결국 독자를 전제로 하는 것일 테니까요. 한동안 인터넷과 잡지를 모두 끊고 살았던 적이 있었는데 그때 시를 가장 많이 썼고 좋은 시를 썼다고 생각합니다. 갈대밭에 꽂혀서 눈도 귀도 없이 흔들리다 보면 거미줄처럼 와서 몸에 척 감기는 바로 그것을 썼으면 좋겠습니다. 꾸미지 않고 있는 그대로 시와 한 몸이 되는 순간을 기다리는 자세야말로 시를 통해 삶을 완성해 가는 과정이라 생각합니다. 귀한 지면 허락해 주셔서 감사드립니다.

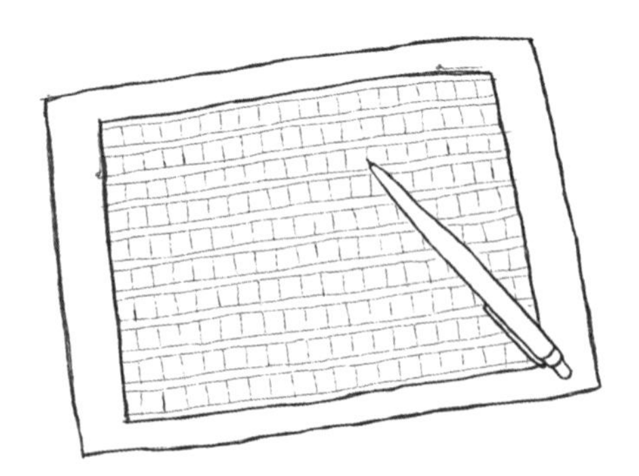

김참 시인과의 대담

김참 안녕하세요. 최금진 시인의 시는 잡지에서 종종 읽어 왔습니다만 이렇게 지면으로 처음 인사를 드리게 되는군요. 올 겨울엔 눈이 많이 내립니다. 제가 사는 김해에도 예년과 다르게 눈이 자주, 그리고 많이 내립니다. 12월 초부터 굵은 눈발이 쏟아지는 건 남부 지방에서는 보기 힘든 일입니다. 제가 아는 어떤 사람이 '눈이 겨울보다 먼저 왔다'고 하던데 이 한 문장이 한 편의 시처럼 느껴지기도 했습니다. 어떻게 지내시는지요? 최근의 일상에 대해 듣고 싶습니다.

최금진 안녕하세요. 오래전 등단한 김참 시인은 저보다 나이가 많을 거라는 생각을 종종 하게 되는데, 어쨌든 이렇게 인사드리게 되어 반갑습니다. 저는 날씨와 계절과 상관없이 시간이 가고 있는 무념무상한 날들을 보내고 있습니다. 사물과 세계가 문득 정지해 있는 순간들을 종종 발견하곤 합니다. 나이가 들어가고 있는 증거겠지요. 외부에 대해 점차 무감각해지며, 내면의 폭은 점점 좁아지고 있는 증상 말입니다. 저를 가두고 있는 이 일상을 박차고 솟아오를 가벼움과 경쾌함과 유머가 절실히 요구되어지는 날들입니다. 광주에 자리 잡은 지 10년의 세월이 지나고 있는데, 여전히 여긴 낯설고 술친구 하나 없습니다. 때문에 더더욱 일상에 매립되는 속도도 빨라지고 있는 느낌입니다.

김참 사물과 세계가 정지해 있는 것을 발견하는 무념무상의 순간이 가장 시적인 순간이 아닌가 생각해 봅니다. 하지만 이런 순간을 그려 내는 것은 무척 힘든 일이겠지요. 그래서 시인은 자기가 가장 잘 이야기할 수 있는 것을 시로 쓰는 것이 아닌가 하는 생각을 해 봅니다. 최금진 시인의 시 가운데는 자전적인 내용을 담아낸 시들이 상당수 있는 것으로 추측됩니다. 저는 유년 체험이 시의 자양분이 된다고 생각합니다. 어린 시절 몸으로 부딪히던 낯선 세계. 이런 세계와의 조우가 시적 언어와 흡사하다는 생각을 해 봅니다. 그리고 이 체험은 행복하기도 하지만 한편으로는 폭력적이거나 고통스러울 때도 있습니다. 저는 이런 체험들, 그리고 이 무렵의 감정들이 시를 쓰면서 어떤 방식으로든 드러나게 된다고 생각합니다. 그래서 저는 타인의 유년에 대해 관심이 많습니다. 최금진 시인은 어린 시절을 어떻게 보내셨나요?

최금진 어린 시절의 체험은 경험과 상상의 기초가 되기도 하지만 동시에, 갈수록 시선은 완고해져서 때론 그것을 벗어나는 것이 시의 목표가 되기도 합니다. 아픔에 대한 사회적 인식과 개념이 성립되기 전, 맨몸으로 부딪혀서 체득된 유년의 감각은 한 사람의 개성이 되기도 하고, 편견이 되기도 하는데, 제 경우, 사람들과 더불어 살아가는 방식에 있어서 매우 불리한 쪽으로 발전하였고, 그것을 개성이라고 말하기엔 불화와 갈등의 시간들이 너무도 길었습니다. 또 하나, 유년의 기억들을 시에 담는다는 것은 어쩌면 불가능한 일입니다. 기억의 변형과 왜곡을 믿을 수 없기 때문입니다. 따라서 제 시를 유년의 체험에 기초한 것으로 보는 시각에는 불편함과 안타까움을 느끼곤 합니다.

김참 최금진 시인은 「사랑에 대한 짤막한 질문」이라는 시로 세간의 주목을 받았던 걸로 기억합니다. 1997년에『강원일보』신춘문예로 등단하고 나서 4년 뒤에 창비 신인상을 받게 되기까지, 그 무렵은 지면도 그리 많지 않았고, 신인들은 특히 작품 발표하기가 쉽지 않았던 걸로 기억합니다. 그리고 어쩌면 그보다 더 습작 시절이 힘들었을 수도 있겠군요. 시를 쓰게 된 계기라든지, 습작 시절 이야기, 그리고 1990년대 후반의 시작에 관한 내밀한 이야기를 듣고 싶습니다. 어쩌면 이 시절이 시를 쓰는 사람으로서 가장 의욕에 넘치는 시절이 아니었을까 하는 생각이 들기도 합니다.

최금진 시를 쓰게 된 계기에 대해, 아니 정확하게, 시가 내 몸에 들어온 계기에 대해 여러 번 지면을 통해 말한 적이 있습니다. 그리고 그 해답을 추론하는 과정에서 지금껏 살아오는 동안 내 몸에 깊게 박힌 몇 개의 이미지들로 답을 대신하곤 했습니다. 달, 아버지, 코끼리, 새, 사과, 눈송이…… 이런 이미지들이 파생적으로 거느리고 있는 수많은 이미저리를 따라 거슬러 올라가면 그 어느 지점에서 '시'라고 생각되는 것을 손에 들고 있는 우울한 소년 하나를 만날 수 있을지도 모른다는 생각을 합니다. 지방 신문 신춘문예 출신자가 그렇듯 대개 다시 등단을 하게 되는데, 저 역시 지방 신춘문예 당선 후, 4년 만에 다시 등단을 한 경우입니다. 시 하나에 온 마음과 영혼을 걸고 도박을 하던 그 무렵은 남은 제 인생에서 다시는 오지 않기를 바랄 뿐입니다. 혹독했고, 모든 것을 버렸고, 길 아닌 곳을 걸어갔고, 사람 아닌 것이 되었으니까요.

사람들은 너무도 쉽게 온몸으로 쓰는 시를 말하곤 하지만, 그 위험한 길에서 몇이나 몸을 제대로 가누며 시를 쳐다볼 수 있을까요. 습작기뿐 아니라 제법 명망을 얻은 후라도, 누구나 시를 쓰려고 하는 자는 그 길에 서서 주석처럼 빛나는 시의 얼굴을 정면으로 마주 볼 용기가 있어야 하는데, 그건 솔직히 두렵고 무서운 일입니다. 시를 쓰고자 사람들에게서 그 막무가내의 순수함을 보지 못하는 것도 아쉬운 일이지만, 그 막무가내의 길을 가겠다는 사람을 환영할 수도 없는 것은 시가 가진 그 자체의 아이러니 때문일 겁니다.

밤이 되면, 비가 내리면, 혼자 있으면, 저는 여전히 유체 이탈한 영혼처럼 멍하니 의자에 앉아 또 불길한 뭔가를 쓰고 있습니다. 시를 쓰는 그 어느 누구도 이런 양가적 감정, 애증과 이중 구속(double bind)에 대해 명쾌한 답을 해 줄 수는 없을 것입니다.

김참 「아프리카에 가고 싶다」라는 시가 참 좋던데요. 누구나 공감할 수 있는 시라고 생각합니다. 상상력의 바탕이 원시종교에 닿아 있지 않나 하는 느낌이 듭니다. 저는 개인적으로 물활론적 세계관을 보여 주는 시를 좋아합니다. 이 시를 읽으며 저는 한 인간의 존재와 생명력이 확산되고 자신과 그 주변에 있는 대상과의 경계가 허물어지는 느낌을 받았습니다. 이 시는 최금진 시인이 지닌 상상력이나 세계관을 잘 보여 준다고 생각합니다. 이런 상상력은 이번에 읽어 볼 신작에서도 변주되고 있는 것으로 보이는데요.

최금진 서정시는 본질적으로 세계를 자아에 흡수하는 과정입니다. 그리고 동시에 자아와 세계가 대결하는 양상에서 파생된 것이기도 합니다. 따라서 좋은 시란, 대상과 세계를 전제로 하되 자아의 '바로 보기'에 달려 있다고 생각합니다. 바로 본다는 것은, 김수영이 말하듯, 시인이 대상과 세계를 온몸으로 만날 때 발생하는 현상일 것입니다. 그리고 바로 보기 위해서 저는 내면으로의 침잠과 텅 빈 응시의 순간을 기다립니다. 이러한 집중과 응시의 시간을 위해 하루의 소란을 견딘다고 해도 과언은 아닐 것입니다. 이번 『신생』 봄호에 발표한 10편의 신작들은 개인의 목소리를 줄인, 관찰과 응시의 결과라 할 수 있겠습니다.

김참 시를 쓰면서 누구나 느끼는 것이겠지만 생각을 언어로 표현하는 데는 한계가 있습니다. 또 이미 하고 싶은 말을 다했는데, 또다시 해야 하는 고통도 있을 수 있겠네요. 표현하려는 생각과 그것을 전달하는 언어 사이에서 생기는 괴리감, 그리고 그것을 넘어서서 새로운 세계를 만들어 내는 작업. 이것이 시인, 작가, 예술가들이 넘어야 할 벽 같은 것이 아닌가 생각합니다. 최금진 시인의 이번 신작에서 저는 이미 선보인 시들과 다른 시, 자신이 쓴 기존의 시와는 다른 방식의 시 쓰기 방법을 모색하려는 점들을 발견할 수 있었습니다. 최근 시를 쓰면서 어떤 고민들을 하고 있는지 듣고 싶습니다.

최금진 위에 간단히 언급한 바와 같이, 체험과 기억의 세계를 고백하는 형식은 진정성과 친밀감을 주어 훨씬 쉽게 소통을 확보할 수 있습니다. 그러나 그 체험의 형식들은 독자의 입장에선 내면의 고갈과 기근을 보다 더 분명히 파악하게 합니다. 또한 체험의 시들은 그 표출의 욕망이 적절히 제어되지 않는다면 미적 성취에 이르지 못할 위험도 있습니다.

시를 창작하는 데 있어서, 형식의 창조는 단순한 기교와 수사의 창조가 아닐 것입니다. 형식의 창조는 곧 새로운 절망의 창조일 텐데, 최근 제가 느끼는 내면의 변화는 '고독'입니다. 나의 존재가 사물화되어 가는 것에 대한 절망, 아무것도 감각하지 못하는 것에 대한 불안, 이전보다 훨씬 더 가까워진 죽음을 향한 나이, 생계를 위해 살아온 흔적 외엔 아무것도 이룬 것이 없다는 후회, 시를 살아 내지 못하고 시를 만들고 있는 것에 대한 자각……. '바로 보기'의 깨달음은 최근 제 삶의 각성에서 비롯된 것입니다.

김참 나이가 들어가면서 감각이 무뎌지는 건 어쩔 수 없는 일이라는 생각이 듭니다. 그것이 세월이 흘러감에 따라 시인들의 시풍이 변하는 것과 무관하지 않겠지요. 저는 최금진 시인의 첫 시집에서 이미 보통의 인간이 지각할 수 있는 감각의 세계를 넘어서고 있는 시들을 상당수 발견할 수 있었습니다. 첫 시집 『새들의 역사』를 읽어 보면 죽은 것들과 살아 있는 것들이 대면하고 교감을 나누는 순간들이 자주 나타납니다. 「잉어떼」 「악의 꽃」 「월식」 등 상당히 많은 작품에서 이런 장면들을 확인할 수 있습니다. 그런데 우리 시단에서 이런 장면들을 만나기란 여간 어려운 일이 아닙니다. 다른 사람들은 어떻게 생각할지 모르겠지만 저는 이 지점이 최금진 시인의 시가 일궈 낸 가장 뛰어난 성과라고 생각합니다. 살아 있는 사람도 망자들도 모두 살아 있는 이 기괴한 세계, 아무것도 죽지 않고 영원히 살아 있는 이 괴상한 세계는 어쩌면 가장 정교한 관찰과 응시의 결과가 아닌가요? 최금진 시인의 생각은 어떨지 모르겠지만 저는 이런 그로테스크한 시편들이 앞서 말씀하신 '주석처럼 빛나는 시의 얼굴을 정면으로 마주 볼 용기'의 결과물이 아닌가 생각해 봅니다.

최금진 첫 시집에 대한 과분한 평가와 기대 때문에 두 번째 시집은 많이 두려웠습니다. 일관된 어떤 세계와 변화의 조짐을 보여 주는 것이 그 과제였는데, 김참 시인이 말씀하신 것처럼 삶과 죽음의 그로테스크한 공존 또한 제 첫 시집의 한 축이었다고 생각합니다. 아쉬운 것은 문단의 어떤 섹트와 맞물리면서 제 시의 경향이 가난과 현실의 반영으로 몰리는 것이었습니다. 시인은 누구나 자기의 세계를 이루고 싶어 하지만 어떤 주의나 이념에 귀착되는 것을 달가워하진 않을 것입니다. 저는 다만 오늘 내가 살아가는 삶과 현상들을 바르게 받아 적고 싶을 뿐이라고 말씀드리고 싶습니다.

김참 앞서 말씀드린 의문점과 이어지는 내용입니다. 최금진 시인의 첫 시집이 가진 힘은 주변인들의 삶과 그들의 내면을 그려 내는 부분보다 삶과 죽음이 공존하는 세계, 살아 있는 것들이 죽고, 그 죽은 것들이 다시 살아나 우리와 공존하는 세계를 그려 내는 데 있는 것이 아닌가 하는 생각을 해 봅니다. 물론 이것은 저만의 개인적인 생각이고, 통상적인 감각의 세계를 넘어선 초지각-초감각의 세계를 지향하는 작품을 좋아하는 것도 저의 개인적인 취향입니다. 제 취향은 시를 읽는 일반 독자들의 취향과는 다를 수도 있을 것이고, 보통의 독자들이 이런 스타일의 작품을 좋아하는지 혹은 아닌지, 저는 알지 못합니다. 혹시 이런 문제에 대해 생각해 본 적은 있으신가요? 그리고 이런 작품들은 대체로 반사실주의적 성향과 환상성을 띠는 경우가 대부분인데, 자신의 시에 대한 평들이 혹시 이런 지점을 놓치고 있는 것이 아닌가 하는 생각을 해 본 적은 없으신가요?

최금진 누구든 자신이 살아 내는 세계를 그리겠지요. 환상이든 사실이든, 그것은 거기에 적합한 형식을 스스로 덧입을 수밖에 없는 필연적 이유를 갖고 있는 것일 테고, 그것을 저는 절망의 기교라고 말하고 싶습니다. 형식과 내용이 한 몸을 이룬다고 할 때, 그 내용과 형식의 빈곤함은 시의 미적 수준을 떨어뜨릴 수밖에 없을 것입니다. 따라서 시인은 자신의 시가 절망의 기교를 안고 태어나는가, 그렇지 못하는가에 대해 반성을 해야 할 뿐입니다. 독자의 취미에 연연할 필요도 없는 거고, 자신의 왕국에서 자신의 시민을 거느리면 족하다고 생각합니다. 좋은 시는 환상과 현실을 넘어 그 스스로 완결성을 가지고 있을 테니까요.

김참 시인은 시 창작의 주체임과 동시에 시에 대한 비평적 안목을 가진 사람이라고 생각합니다. 그리고 자신의 시에 대해서 가장 잘 아는 사람이기도 하고요. 제가 볼 때 첫 시집에 수록된 작품들은 높은 미적 성취를 이루고 있는 것들이 많다고 생각합니다. 시는 예술 작품이니 아름다움을 추구하는 것이 당연하지만, 우리는 시가 예술 작품이고, 시작이 예술 창작 행위라는 자의식이 없는 시들을 흔히 보게 됩니다. 또 그런 자의식이 있다고 하더라도 오랫동안 시를 써 나가면서 일정한 수준을 유지하는 작품들을 꾸준히 써 내기란 여간 힘든 일이 아닙니다. 특히 저처럼 게으른 사람은 더욱 그런 생각을 하게 됩니다.
두 번째 시집 『황금을 찾아서』에서는 자신과 가족에 관한 이야기들이 첫 시집에 비해 줄어들어 있습니다. 「산꿩이 우는 저녁」이나 「젓」처럼 예외적인 시가 없는 것은 아니지만 시적 주체가 주목하고 있는 관심의 대상은 나에서 타자로 변하고 있는 듯한 느낌이 듭니다. 소설로 치자면 첫 시집은 대체로 1인칭 주인공 시점에 해당한다면 두 번째 시집은 1인칭 관찰자 시점이라는 느낌을 지울 수 없습니다. 시선의 주체뿐만 아니라 이미지나 비유도 간명하게 변해 가고 있는 점을 발견할 수 있습니다. 그렇기 때문에 독자의 입장에서 보자면 두 번째 시집에 수록된 상당수의 시들은 첫 시집에 수록된 시들에 비해 읽기가 힘들 수도 있습니다.

앞서 체험과 기억을 고백하는 형식은 진정성과 친밀감을 주어 훨씬 쉽게 소통을 확보할 수 있다고 말씀하셨습니다. 하지만 그 체험의 형식들은 독자의 입장에선 내면의 고갈과 기근을 보다 더 분명히 파악하게 한다고 하셨습니다. 저로서도 공감하는 부분이 많지만 저는 내면의 고갈과 기근, 내면의 황폐함이 시를 쓰는 동력이라는 생각을 해 봅니다. 황폐한 내면을 가진 한 인간의 생각을 읽어 나가는 독자, 어쩌면 시가 필요 없을 수도 있는 오늘날에도 시를 읽는 독자, 그들 역시, 황폐한 내면을 가진 인간일 테고, 자신과 같은 인간을 발견하고 싶은 욕망을 가진 사람들이 아닐까 하는 생각을 해 봅니다.

최금진 김참 시인은 어떠실지 모르겠지만, 저로선 발간된 자신의 시집을 다시 정독하는 건 여간 부끄러운 일이 아닙니다. 다만 첫 시집과는 다른 좋은 의미에서의 어떤 차별성이 목격된다면 다행스러운 일입니다만, 정신적으로 한계상황까지 이른 상태에서 쓴 첫 시집과 일상의 짧은 시간을 쪼개어 순간적인 몰입을 동력으로 쓴 두 번째 시집과의 밀도는 분명히 차이가 있을 것입니다. 현대인의 의식은 산만합니다. 그것은 시간과 속도에 쫓기며 파편화된 내면을 견디는 현대인의 정체성과도 밀접한 관련이 있을 것입니다. 그 산만함이 요설과 잡설로 뒤섞인 두 번째 시집을 이루고 있다고 생각합니다. 또한 두 번째 시집을 내며, 자기 고백을 통한 서사는 먼 훗날 새로운 추억과 섞이도록 연기하고 보류하고자 한 측면도 없지 않습니다. 누군가는 내면의 황폐와 요설을 읽을 수 있을 테고, 누군가는 첫 시집과 별반 다르지 않다고 한숨을 쉬겠지요. 어쩌겠습니까. 무책임하게도 제 삶이 그렇게 저를 이끌어 온 것이니까요.

김참 오랜 시간 좋은 말씀 감사합니다. 지면 관계상 더 많은 이야기를 나누진 못했지만 저로서는 무척 유익한 시간이었습니다. 언젠가 만나 뵙기를 기대하며 대담을 이만 마칠까 합니다.